KB053056

참 좋은 날들

참 좋은 날들

이형동 글·그림

별글
별처럼 빛나는 글

66 우리는 늘 '하루'를 산다. 누구에게나 똑같이 주어진 이 하루는 작은 시계에 담을 수 있을 만큼 유한하지만, 24시간이 지났다고 소멸되는 것은 아니다. 저마다 머릿속에서 가장 이상적인 모습으로 남아 있게 된다. 좋은 날의 기억은 물론이고, 죽을 것같이 아프고 눈물 없이 떠올릴 수 없는 상처의 시간도, 머릿속 필터링을 통해 깎이고 다듬어져 동글동글 작게 남는다. 그리고 우리는 그마저도 좋았다며, 작은 하루를 감싸 안아 준다. 좋은 기억과 아픈 기억은 시간 속에서 경계가 희미해지는 것이다. 그렇다면, 우리는 어쩌면 늘 좋은 날들을 살아가고 있는 걸지도 모른다.

나는 영화를 참 좋아한다. 안타깝게도 요즘에는 예전에 비해 영화를 자주 보지 못 한다. 회사 생활로 바쁘기도 하고, 이래저래 여유가 없어졌다. 한때 극장의 모든 영화를 섭렵했었는데, 요즘은 지하철 광고를 통해서 겨우 개봉 영화를 접한다. 그러니 한편을 보더라도 신중하게 고르게 된다. 그런데 얼마 전, 지하철에 붙어 있는 포스터만 보고 선택한 영화가 있다. 제목은 〈HER〉. 하루 종일 머리에 맴돌아 퇴근 후, 영화를 보기 위해 극장을 찾았다.

주인공 '테오도르'의 직업은 남들의 편지를 대신 써 주는 대필 작가다. 타인에게 마음 전하는 일을 하지만 정작 본인은 외롭고 공허한 삶을 살아가고 있다. 끝없이 추락하고 있는 그에게 다가온 것은 인공지능 운영체제인 '사만다'. 기계와의 대화는 어색했지만, 이야기를 들어 주고 자신의 아픔을 이해해 주는 그녀에게 사랑의 감정을 느낀다. 이미 오래전에 다 써 버려, 더 이상 내 안에 없다고 믿었던 그 감정을 그녀를 통해 다시 발견한 것이다. 그에게 행복이 찾아왔다.

그의 행복이 나에게도 전달됐다. 인간보다 더 인간적인 그녀. 그녀를 사랑할 수밖에 없는 테오도르의 마음이 이해가 됐다. 나도 그녀의 따뜻한 말 한마디, 달콤한 유머에 위안을 받고, 마음이 움직였다. 질투와 집착이라는 필연적인 감정들을 경험하며 그들의 사랑은 절정을 향한다. 그리고 곧 현실과 직면한다. 보고, 들을 순 있지만, 절대 서로를 만질 수 없다는 현실. 그가 잠들면, 사만다는 새벽까지 홀로 기다려야 한다. 결국 외로움과 호기심은 그녀가 다른 곳을 보게 만든다. 그녀는 인터넷을 통해 전 세계에 있는 자신과 같은 운영체제와 다른 인간들과 만나며 다양한 감정들을 공유하고 배워 간다. 우리 인간들처럼 다른 이들과 관계를 맺고 성장하는 것이다. 이 성장을 겪으면서 그녀는 자신에게 변화가 왔음을 느낀다. 그 변화는 테오도르에게 감당할 수 없는 이별의 고통이었다. 그녀는 그를 떠난다.

사만다가 테오도르에게 남긴 편지 글이다.

"나는 당신이 세상을 보는 시선을 사랑해요.

당신의 옆에서 당신의 시선으로 세상을 볼 수 있어서 행복해요."

누군가의 시선에서 세상을 바라보는 건 특별한 경험이다. 우린 같은 시대를 살고 있는 삶의 동반자이지만, 저마다 다른 시선으로 세상을 바라보고 알아 가는 외로운 탐험가이기도 하다. 나는 당신에게 나의 시선으로 바라본 평범하지만, 흔하지 않은 내 일상들을 이야기할 것이다. 적어도 이제는, 나에게 참 좋은 날이 된 하루들 이다. 그동안 내가 탐험한 이야기가 당신의 공감을 얻을 수 있다면 더 없이 좋겠지만, 그렇지 않더라도 내가 바라본 세상을 통해 당신 도, 당신만의 세상을 발견할 수 있는 시선을 갖길 바란다. 소소하지 만, 누군가에게 기분 좋은 발견이 되고, 저마다의 하루를 다시 추 억할 수 있는 계기가 되길 꿈꿔 본다.

끝으로 이 책이 나올 수 있도록 도움을 준 모든 이들에게 감사의 마음을 전한다. 다니는 회사를 그만두고 방황할 때도 묵묵히 지켜 봐 준 아내 덕분에 무사히 이 책을 마무리할 수 있었다. 그리고 언 제나 나를 믿고 응원해 준 임주하 기자와 남다른 열정으로 힘을 보 태주신 이삼영 대표에게도 감사의 마음을 전하고 싶다.

이형동

3. 여행 레시피

4. 회사원 라이프

5. 보이고 들리는

6. 짧은 일상 기록

7. 몽상가들

추억이 방울방울

「습관」

1996년 2월, 초등학교 졸업식 날. 친구들은 모두 들뜬 마음으로 여기저기 뛰어다니며 기념사진을 찍느라 분주했다. 나도 함께 어울리다가 교실로 향했다. 창가 쪽 내 자리에 앉아 찬찬히 그곳을 둘러봤다. 그때 내 책상 옆 라디에이터가 눈에 들어왔다. 교실마다 똑같은 라디에이터가 있었고, 내 자리 옆에도 늘 있었는데… 순간 너무 낯설게 느껴졌다.

'이런 모양이었나? 원래 나사 하나가 빠져 있었나?'

왜일까. 처음 본 것처럼 신기했다. 나는 그 묘한 느낌에 이끌려 한참 동안 라디에이터를 살펴보고 생김새를 기억하려고 노력했다. 아무 의미 없는 행동이었다. 아니, 의미가 있는지 없는지 잘 몰랐지만, 어쨌든 그날 이후로 관찰하고 기억하려는 노력은 습관으로 남았다. 어디를 가든 얼마나 머물든, 그곳에 있는 마지막 순간이 되면 어김없이 그러했다.

졸업식이 끝나면, 6년 동안 다닌 학교와도 영영 안녕이었다. 내 책상, 내 의자에 다시 앉을 수 없을 것이고, 고개를 돌렸을 때 항상 그곳에서 변함없이 웃어 주던 내 친구도 없을 것이다. 말 그대로 정말 마지막인 것. 아주 현실감 있게 다가왔고, 무서웠고, 아쉬웠고, 속상했다. 다시는 그때로 돌아갈 수 없다는 것이, 다시는 그 시간과 공간을 소유할 수 없다는 것이. 아마 그때의 난 이런 생각을 했던 것이리라. 라디에이터, 너 하나만은 내가 기억하겠다. 다시는 돌아오지 못할 그 순간을 너를 통해 기억하겠다. 한참의 시간이 흐른 후에야 깨달았다. 그건 단순한 습관이 아니라, 잃어버린다는 것에 대한 나름의 '저항'이었다는 것을.

지금도 그 라디에이터를 제대로 기억하고 있으니, 그 노력은 헛되지 않았다. 내가 초등학교 시절을 추억할 때, 라디에이터는 언제나 그 시작점이다. 혹시 지금 소중한 시간을 보내고 있다면, 옆에 있는 무언가를 더 꼼꼼히 살펴보자. 여기저기 흩어지고, 복잡하게 쌓여 있는 기억들 속에서, 그것은 잃어버린 추억을 찾는 데 나침반이 되어 줄 테니까.

「동네 아이」

평소와 다를 것 없는 퇴근길이었다. 지하철역을 빠져나와, 집으로 가는 골목길에 들어서고 있었다. 그때 고개를 푹 숙이고 내 쪽으로 걸어오는 여자가 보였다. 지나치게 고개를 숙이고 있어서 오히려 더 시선을 끌었다. 나는 그 여자가 누구인지 금방 알아챘다.

어렸을 때, 우리 동네에는 얼굴에 큰 반점이 있는 여자아이가 살았다. 그 아이는 한쪽 머리만 길게 기르고 다녔다. 아마도 반점을 가리기 위해서였을 거다. 보통의 그 또래 여자아이들이 서로 손을 잡고 다니는 것과 달리, 그 아이는 늘 혼자 다녔다. 친구와 잡아야 할 손을 반점이 있는 머리 쪽에 대고 말이다. 그 아이가 얼굴의 반점을 가릴수록, 다른 아이들은 숨긴 얼굴을 보려고 노력했다. 나 역시, 그 아이와 마주치면 호기심에 자꾸 돌아보곤 했다. 그 아이는 그렇게 매일 다른 아이들의 호기심과 싸웠을 것이다.

그리고 20여 년이 지난 그날 밤, 어른이 된 나는 그 아이와 다시 만났다. 머리스타일이 그때와 똑같았다. 잊고 지내 왔던 그녀의 어릴 적 모습이 떠오르면서, 지난 세월이 무색하게 느껴졌다.

20여 년 전이나 지금이나, 나는 여전히 그녀를 호기심 가득한 눈으로 쳐다보고 있고, 그 시선을 그녀 또한 느낄 것이다. 그녀의 삶을 내 멋대로 판단해서는 안 되지만, 분명 힘든 시간을 버텨 왔을 것이다. 배려 없는 호기심들은 칼날이 되어, 그녀에게 반점보다 더 짙은 상처들을 남겨 놨을 것이다.

「폭군 토끼」

　　작은 누나가 지하철에서 애완용 토끼를 한 마리 사 왔다. 부모님
은 시끄럽고 털 날린다고 동물 키우기를 극구 반대하셨지만, 토끼
는 두 조건을 피해 가는 몇 안 되는 동물이었다. 누나와 나는 인터
넷으로 토끼 먹이인 알파파와 작은 철창 우리도 구매했다. 우리의
관심과 사랑으로 하루가 다르게 자라던 어느 날, 뭔가 심상치 않은
일이 일어났다. 처음엔 양손에 쏙 들어올 정도로 작았는데, 몇 달
만에 내 팔뚝 크기만큼 뒤룩뒤룩 살이 쪘다. 귀여웠던 토끼가 커진
덩치로 초점 없이 우릴 응시할 때마다 오싹함을 느꼈다.

　　그렇게 몇 달이 더 지나고, 우린 이 토끼의 정체를 알게 되었다.
다름 아닌 식용 토끼였던 것이다. 지하철 할머니가 속여서 판 거다.
그걸 알았을 때 토끼는 이미 웬만한 강아지보다 덩치가 커졌다. 앞
발과 뒷발을 쭉 뻗으면 내 허리까지 올라왔다. 그리고 점점 난폭해
져 갔다. 집 안에 있는 전선을 죄다 뜯어 먹고, 방바닥과 가구를 발
톱으로 긁어 댔다. 우린 이 생명체를 그저 바라볼 뿐이었다. 폭군

토끼는 심지어 도도하기까지 했다. 우리가 집에 와도 창문 밖을 응시하며 쳐다보지도 않았고, 이름을 불러도 귀만 이리저리 흔들 뿐 무시하기 일쑤였다. "밥 먹자"라고 부스럭거리면, 잽싸게 달려와 팔짝팔짝 뛰며 애교를 부렸지만, 먹고 나면 태도를 싹 바꿔 한쪽 구석에서 털을 다듬었다. 도도한 폭군 토끼는 짝짓기 철이 성큼 다가오자 더 사나워졌다.

어머니는 동네 채소 가게 할머니께 토끼를 선물로 드렸다. 혼자 쓸쓸하게 지내시던 할머니와 풍족한 채소를 마음껏 먹을 수 있게 된 토끼. 서로 최적의 조합인 셈이었다. 짧은 동거를 끝으로 폭군 토끼는 우리 곁을 떠났다. 그 이후 지하철에서 파는 토끼를 볼 때마다, 나는 폭군 토끼를 추억한다.

「쓰레기 자전거」

쇼핑몰 마케팅 팀에서 일하다 보면, 이벤트 경품을 위해 하루에도 수백 가지의 상품을 보게 된다. 사람들이 어떤 상품을 좋아할지 고민하고, 시즌에 맞는 상품을 선택하는 것은 3년차가 된 지금도 여전히 어려운 일이다. 그럴 때마다 내가 경품 후보로 올리는 상품이 있으니 바로 '자전거'다. 나는 자전거 마니아가 아니다. 자전거를 자주 타는 것도 아니고, 심지어 자전거를 갖고 있지도 않다. 그럼에도 내가 경품으로 자전거를 선호하는 이유는 어릴 적 품었던 자전거에 대한 동경 때문이다.

정말 원하는 것을 가질 수 없으면, 간절함은 점점 더 커지기 마련이다. 나에게는 자전거가 그런 존재였다. 어렸을 때 사촌 형이 자전거를 타다가 사고를 당했다는 이유로, 부모님의 머릿속에 자전거는 늘 '위험한 물건'이었다. 아무리 졸라도, 자전거가 생길 때까지 밥을 먹지 않겠다고 떼써도, 절대 사 주지 않으셨다. 자전거를 갖지 못한 나는 자전거를 타는 친구들이 그렇게 부러울 수가 없었다. 가끔 자전거를 빌리기도 했지만 잠시일 뿐, 다시 친구에게 돌려줘야만 했다. 아쉽고 속상했다.

그러던 어느 날, 쓰레기더미 옆에서 낡은 자전거 한 대를 발견했다. 앞바퀴는 바람이 다 빠져 있었다. 삐거덕삐거덕 쇳소리를 내고 좌우로 비틀거리며 겨우 굴러가는 고물이었지만, 내게는 천사가 내려 준 선물 같았다. 되돌려 줄 필요 없이 마음껏 즐길 수 있는 온전한 내 자전거가 생긴 것이다. 누군가 쓰레기장에 몰래 버린 그 자전거를 타고 몇 시간을 쉬지 않고 달렸는지 모른다. 새카맣게 얼굴이 탈 정도로, 해가 질 때까지 온 동네를 누비고 나서야 집에 돌아왔다. 저녁밥을 먹으면서도, 잠을 청하면서도, 얼른 날이 밝아 다시 자전거를 타고 싶다는 생각뿐이었다. 한편으로는 마음이 변한 자전거 주인이 나타나 돌려 달라고 할까봐 불안하기도 했다.
그런데 다음 날 뛰어 내려가 보니 자전거가 있어야 할 복도가 텅 비어 있었다. 한참을 밖으로 나가지도, 집으로 돌아가지도 못한 채 복도를 서성였던 것 같다. 도대체 누가 그 지저분하고 망가진 자전거를 가져갔을까.

요즘에는 좋은 자전거들이 많다. 예전의 자전거와는 비교할 수 없을 정도로 가볍고, 다양한 기능과 디자인으로 선택의 폭도 넓어졌다. 그래도 자전거를 떠올릴 때면 어릴 때 잠시 소유했던 '쓰레기

자전거'가 가장 먼저 생각난다. 이후에도 당시 그 자전거만큼 가슴
떨리도록 갖고 싶은 물건은 만나지 못했다. 아마 앞으로도 없을 것
같다.

「향수」

수수께끼. 이것은 여름에만 볼 수 있다. 다른 계절에는 쓸모가 없다. 홀로 있을 때는 아무 힘을 발휘하지 못하지만, 불을 붙이면 스스로 타올라 연기가 되어 흩어진다. 이 연기는 앵앵거리는 흡혈 부대에게 재앙과 같은 독가스가 되어 우리를 보호해 준다. 밤새 치열한 전투가 끝나고 나면, 원래의 모습과 똑같이 생긴 재를 남기고 사라진다.

정답은 바로 모기향이다. 이 수수께끼가 시시하거나 두 번째 문장에서 이미 정답을 눈치챘다면, 당신은 아날로그의 여름밤을 기억하고 있는 세대일 것이다. 요즘에는 모기향을 피우는 집이 별로 없으니 말이다. 대형 마트에 가도 전기로 작동하는 무색무취의 상품들이 즐비하고, 모기향은 구석에서 간신히 자리만 보존하고 있다. 모기향이 낯설지 않은 사람이라면, 아마도 10년 정도 후에는 정말 옛날 사람 취급을 받게 될 것 같다. 나도 그 옛날 사람 중 한 명으로서, 여름이 되면 모기향에 대한 추억이 떠오른다.

에어컨이 없던 시절, '달달달' 소리를 내며 좌우로 열심히 고개 돌리던 선풍기 두 대로 여름을 버텼다. 부모님을 위한 한 대, 그리고 우리 삼 남매용 한 대. 그리고 모기들을 피해 잠들 수 있던 것은 어머니의 자장가도, 앞마당 귀뚜라미 소리도 아닌, 뿌옇게 온 방 안을 채우는 모기향 덕분이었다. 모기향 불은 성냥으로 붙이는 것보다 가스레인지로 붙이는 것이 제맛이다. 간혹 불이 잘 붙지 않는 것은 가스레인지로 붙이면 금세 활활 타오른다. 가볍게 불씨를 꺼트리면, 숯이 불을 머금 듯 빨갛게 달아오르면서 곧 연기가 피기 시작한다. 서랍 속에 오래 넣어 둔 옷에서처럼 콜콜한 냄새가 난다. 시골 할머니 댁에서 맡을 수 있는 냄새와 비슷하다.

1994년, 기록적인 무더위가 찾아왔다. 나는 팬티 바람으로 거실에서 이리저리 돌아누우며 잠을 청했지만 도통 잠들 수 없었다. 모기에 물린 팔과 다리를 벅벅 긁으며 울부짖었다. 앵앵 모기 소리가 귓가에 머물 때마다 허공에 손을 휘저으며 말이다. 안방에서 주무시던 어머니는 거실로 나와 내 머리맡에 모기향 하나를 피워 주신다. 그동안 나는 벽에 붙은 모기 한 마리를 손으로 때려잡았다. 통통하게 나왔던 배 속에 내 피가 들어 있다며 어머니께 투덜댔다. 벽에는 내 핏자국이 한 개 더 늘었다. 돌아가는 선풍기 바람을 타고 모기향 연기가 거실 안을 채우기 시작한다. 모기향은 정말 중독성이 있다. 모기향이 모기만 잡는 건지, 나도 잡는 건지 정신이 점점 몽롱해진다. 묘한 향이 나쁘지 않다.

부모님도, 누나들도 하나둘 방에서 나와 거실에 자리를 잡는다. 누구도 피해갈 수 없는 찜통 더위는 간밤에 온 가족을 모이게 해주었다. 선풍기 두 대도 거실로 나와 고군분투하지만 도무지 시원해지지 않는다. 결국 우리 가족은 모두 일어나 냉장고에서 수박을 꺼내 먹고, 얼음을 동동 띄운 미숫가루를 한 잔씩 마시고서야 잠이 들 수 있었다. 가족들이 뒤척이며 자고 있을 때, 우리의 밤을 지켜주던 모기향. 어릴 때는 모기향 연기 속에서, 마치 든든한 방어막을 얻은 듯 편하게 잠들 수 있었다.

그 독했던 모기향이 이제는 정말 향수가 되었다. 내 어릴 적을 추억할 수 있는 최고의 향수다.

「1980년대의 기억」

1988년, 대학교 때문에 서울로 상경한 막내 삼촌은 우리 집 쪽 방에서 지냈다. 얼굴을 다 가리는 안경을 쓰고 좁은 방 안에서 웅크리고 책을 보던 삼촌 모습이 기억난다. 가끔씩 텔레비전에서 옛날 모습이 나올 때 볼 수 있는, 장발의 부엉이 안경을 쓰고 있는 과거 사람의 모습이다.

삼촌 방 안 풍경도 또렷하게 기억난다. 삼촌이 등교하면 그 방은 나의 놀이터가 되었다. 삼촌의 286컴퓨터와 카세트를 가지고 놀았다. 누르스름한 커튼은 항상 닫혀 있었는데, 햇빛을 가리다 보니 그 방은 1년 내내 가을처럼 주황빛으로 물들어 있었다. 책꽂이 위 말라 버린 안개꽃 뭉치는 입학식 날 선물 받은 것이라고 했다. 그 꽃은 삼촌이 졸업할 때까지 화석처럼 그 자리를 지켰다. 이불 옆 선반에는 꼬질꼬질 낡은 카세트와 카세트테이프들이 있었다. 직사각형에 은빛 카세트는 카세트테이프를 두 개나 넣을 수 있는 크기였다. 한쪽 벽 책장에는 손때 묻은 원서들이 빽빽하게 꽂혀 있었고, 이 모든 것이 뒤섞인 방 냄새를 나는 '삼촌 냄새'라고 기억한다.

기억 속을 들여다보고 있으면 마지막엔 카세트테이프에서 시선이 멈춘다. 영어인지 불어인지 모를 클래식과 팝송 카세트테이프들이 쌓여 있다. 그중에는 비틀즈 테이프도 있다. 80년대를 산 젊은 이들에게는 청춘과 낭만이 담겨 있는 앨범들일 것이다. 나는 아무것도 모르면서 그 테이프들을 하나씩 틀어 보곤 했다.

삼촌은 아직까지도 조카인 내가 자신의 쪽방에 대해 어떻게 기억하고 있는지 전혀 모를 것이다. 세월이 지나, 대학생이던 삼촌의 자식도 대학생이 되었다. 삼촌은 나의 결혼식에서 주례를 봐 주셨다. 내가 삼촌에게 주례를 부탁했던 이유는, 삼촌이 많은 사람들의 존경을 받는 교수이기 때문만은 아니다. 80년대의 기억을 선물해 주신 삼촌이 나에게는 특별한 사람이기 때문이다.

"삼촌, 고마워요!"

「명언」

내가 다닌 중학교는 전국 서열 1, 2위를 다투는 명문 학교였다. 나를 이 학교에 입학시키기 위해 우리 부모님은 살던 집까지 옮길 정도로 적극적이셨다. 내가 졸업한 초등학교에서 이 중학교로 진학한 두 명 안에 들 정도로 운이 좋았지만, 아쉽게도 나의 성적은 형편없었다. 상대적으로 공부 잘하는 아이들이 많기도 했고, 친구가 없어 학교 생활에 적응을 잘 못한 것도 이유였다. 1년을 바닥에서 맴돌던 성적은, 2학년이 되고 친구들을 한두 명씩 사귀면서 오르기 시작했다.

그 시기부터 동네 보습 학원에 다녔다. 작은 규모인 우리 학원에서는 여러 학교 학생들이 섞여서 수업을 받았다. 강의실에 들어가면 다들 교복이 제각각이었는데, 나와 같은 교복을 입은 학생은 단한 명도 없었다. 이 학원의 재미있는 점은 원장 선생님이 매일 명언을 학원 정문에 붙여 놓는 것이었다. 모든 학생들은 오늘의 명언을 보면서 학원에 들어가게 된다. 처음에는 너무 뻔하고 고지식한 말들이라 눈이 가지 않았는데, 바닥이었던 내 성적이 조금씩 오르면서 매일 보던 그 명언들이 새삼스레 마음에 와 닿았다. 그중에는 아직까지도 기억에 남는 명언이 있다.

> 힘들고 위기에 처해 있을 때,
> 나를 진정으로 구해 줄 수 있는 사람은 바로 나다.

누가 한 말인지는 모른다. 문장 아래에 작은 글씨로 써 있던 이름이 외국인이었던 것 같다. 마치 마법에 걸린듯 이 문장을 몇 번이나 읽으며 마음을 더 단단히 잡았다. 고등학교에 들어가고, 대학 입시를 치르고, 군대를 다녀오는 동안 이 말은 마치 교실 벽 급훈처럼 늘 내 마음속에 걸려 있었다. 사회생활을 하면서 사람 때문에 힘들거나 일에 치일 때도, 이를 떠올리며 남에게 의지하기보다 혼자 이겨 내는 방법을 택했다. 이 말은 내가 겪는 모든 상황에 적용할 수 있는 말이었다.

어떤 메시지에 한 번 공감하면, 끝까지 믿고 따르는 나는 최면에 잘 걸리는 사람일 수 있겠다는 생각이 든다. 어쨌든, 중학생 때 봤던 문구가 지금까지 나에게 긍정적인 영향을 주고 있으니, 그 명언을 만든 사람과 전달해 주신 학원 원장 선생님께 감사하다.

「나와의 조우」

17년을 함께 보낸 친구들이 있다. 학창 시절 모습과 20대의 풋풋한 연애사까지 모두 알고 있는 그런 친구들. 어느새 서른이 넘은 우리들은 결혼도 하고 직장 생활로 각자 바쁘게 살고 있다. 이제 얼굴 보기도 어려워졌다. 간간이 문자로 안부를 주고받는 사이랄까.

그러다 얼마 전, 퇴근 후 모두 뭉치게 되었다. 여느 때와 똑같은 술자리였다. 두서없이 나누던 대화 속에서 뜻밖의 소재가 등장했다. 바로 학창 시절 '나'에 대한 이야기. 우연히도 서른 살 술자리에서 과거의 나와 조우했다.

"넌 얼굴은 순해 보였는데, 예민하고 좀 신경질적이었어."

"약간 애늙은이 같은 구석도 있었어. 어느 날인가 80년대 노래를 듣고 있더라고."

"중학교 2학년 땐 자우림 김윤아를 좋아했지. 다들 SES랑 핑클 좋아했었는데."

"운동신경은 별로였지만 지구력은 좋았어. 특히 장거리 달리기!"

"유난히 집에 들어가기 싫어했던 녀석!"

그들은 나에 대한 사소한 습관까지 기억하고 있었다. 생각해 보면 가족이 아닌 누군가 나의 어린 시절을 이렇듯 생생하게 떠올리고 말해 준다는 것은 신기한 일이다. 그러고 보니 그때 가족보다 더 많은 시간을 함께 보냈던 것 같다. 직장인들의 회사 동료처럼 어쩌면 이들이야말로 나를 객관적으로 기억하고 있을지도 모른다.

그때의 내 모습은 어땠을까? 나는 무엇에 열광하고, 힘들어했던 걸까? 타인의 기억 속 나의 과거는 낯설면서도 묘하다. 좋다. 덕분에 나는 술 한 잔 입에 털어 넣고 단숨에 14년 전으로 돌아간다. 모두 함께 껄껄 웃어댄다. 이 시간, 이 친구들이 더없이 소중하다.

나와 친구들의 기억의 교차점에서 만난,

그때 내 모습이 반갑다.

「성장통」

두 번째 크리스마스를 맞이한 조카는 트리 밑에서 선물 상자를 보며 웃고 있다. 이 아이는 앞으로 10년 정도는 더 산타 할아버지의 존재를 믿으며 크리스마스를 기다릴 것이다. 나는 조카에게 크리스마스 선물로 색칠할 수 있는 그림책을 선물했다. 책 속에는 다양한 동물, 채소, 장난감 등이 등장했다. 마지막 페이지에는 달에서 절구를 찧고 있는 토끼가 있었다. 나는 조카에게 그림 속 토끼를 설명해 주었다.

"달에는 토끼가 살고 있어.

토끼가 사람처럼 두 발로 서서

절구에 뭔가를 열심히 찧고 있어."

무슨 말인지 전혀 이해 못하는 눈치지만, 내 눈과 입을 쳐다보며 옹알이하는 조카가 귀엽다.

문득 언젠가 봤던 다큐멘터리의 한 장면이 떠오른다. 배경은 1969년, 크리스마스이브. 아주 특별한 날이다. 달에 도착한 닐 암

스트롱이 인류 최초로 달에서 지구인들을 향해 생중계를 했던 날이기 때문이다. 전 세계 사람들이 숨죽여 그 역사적인 순간을 만끽하고 있을 때, 암스트롱은 이렇게 말했다.

"오, 이런, 지구인들! 달에는 토끼가 살고 있지 않네요."

그 순간 텔레비전을 보고 있던 아이들의 탄성이 쏟아진다. 화질이 좋지 않은 흑백 화면에서도 실망한 아이들의 눈빛을 쉽게 느낄 수 있다. 금방이라도 눈물이 쏟아질 것 같다. 달려가 엄마에게 안기는 아이들도 있다. 달 토끼가 있다고 믿었던 전 세계 어린이들에게 토끼는 산타 할아버지만큼 신비한 존재였을 텐데. 그 아이들이 받은 충격은 산타 할아버지의 정체를 처음 알았을 때와 비슷하지 않을까. 어린 나이에 겪은 첫 번째 성장통인지도 모른다.

조카에게 달 토끼를 설명하면서, 나는 이 아이가 앞으로 겪어야 할 성장통들을 상상했다. 어딘가에 숨어 있다 시한폭탄처럼 터지는 수많은 성장통을 나의 조카도 잘 견뎌 낼 수 있기를 기도한다.

「과학실」

과학실이라고 하면, 병원에 들어선 듯 아찔한 알코올 냄새가 가장 먼저 떠오른다. 비커와 스포이드, 현미경, 긴 테이블 한편에 가지런히 꽂혀 있는 유리관도 생각난다. 무엇보다 과학실은 다른 교실과는 다른 분위기다.

공기가 무겁다고나 할까. 인체 해부 조형물이 있고, 벽에는 웅장한 우주의 사진도 붙어 있는 과학실은, 신비하지만 오래 머물고 싶지는 않은 공간이다.

과학실에 있는 도구는 무언가를 측량하고 수치화하기 위해 만들어졌다. 과학이라는 과목 자체가 감성과는 거리가 멀다. 아직 인간의 감정이나 감성을 분석할 도구도, 측량할 방법도 없으니, 그곳에서 만큼은 어떠한 감성도 필요가 없을지 모른다. 철저히 이성적으로만 사물을 보고, 이해를 하면 그것이 정답이다. 이성의 가치만이 존재하고, 인정받는 곳. 그런 면에서 나에게 과학실은 0과 1인 것이다. 그 이상도 이하도 아니다.

회사 쇼핑몰에 '유리관 꽃병'이라는 상품이 등록되었다. 매일 새롭게 등록되는 수천 개의 상품 속에서 눈에 띄기란 쉽지 않은데, 어쩐 일인지 단번에 눈에 들어왔다. 유리관에 꽃을 꽂아 놓은 이 상품은, 실험 도구로서의 유리관에 멋진 감성을 입혔다. 또한 내가 알고 있는 과학실의 이미지를 보기 좋게 비틀어 놨다. 내 마음 한편에서 봄에 느낄 수 있는 따뜻함이 전해졌다. 마음이 편안해지고 기분이 좋아졌다.

초등학교 시절로 돌아갈 수 있다면, 과학실에 몰래 들어가 유리관에 꽃을 꽂아 놓을 것이다. 과학실에 0과 1 말고도 감성이 공존할 수 있음을 다른 사람들에게도 보여 주고 싶다. 가치는 증명하는 것이 아니라, 보여 주는 것이라고 한다. 가치를 볼 수 있는 눈은 우리의 의지에 달려 있다.

「트라우마」

학창 시절, 나는 그림 그리는 것을 좋아해 교과서 모서리마다 낙서를 하곤 했다. 수업시간에도 고개만 끄덕일 뿐 공부는 뒷전이고 그림에만 집중했다. 쉬는 시간에도 그림을 그렸다. 여기저기서 친구들이 몰려와 그림을 그려 달라고 난리였고, 심지어 돈을 주고 사겠다는 아이도 있었다. 고등학교에 가서도 크게 달라지지 않았다. 틈만 나면 그림을 그렸다. 나는 만화가가 되는 것을 당연하다 생각했고 재능도 충분하다고 자신했다.

어느덧 고3이 되었고, 나는 홍대에 있는 미술학원을 찾아가 애니메이션 학과에 진학하고 싶다며 그림을 내밀었다. 학원 강사는 내그림을 훑어보더니 벽 한쪽에 걸었다. 그 벽에는 다른 수강생들이 그린 수십 장의 그림이 걸려 있었다.

잔인할 정도로 적나라했다. 내 그림의 존재감은 어디에도 없었다. 더구나 내가 그린 그림은 '내 그림'이 아니었다. 그저 인기 만화의 캐릭터를 비슷하게 흉내 내서 그렸을 뿐, 한 번도 제대로 '내 그림'을 그려 본 적이 없었던 것이다. 어디서나 볼 수 있는 그런 흔한 그림. 잘은 그렸지만 기억이 나지 않는 그림. 학원 강사는 건방진 아이에게 가장 직관적인 방법으로 현실을 알려 줬다.

만약, 영화 속 주인공처럼 그림에 뜻이 있고 큰 꿈이 있는 아이였다면, 이 충격 요법을 이겨 내고 자신만의 그림을 그렸을지도 모른다. 하지만 나는 그냥 도망쳤다. 다시는 그림을 그리지 않겠다며 여태껏 그린 그림들까지 모두 찢거나 불태워 버렸다. 자존감은 바닥을 치고 한동안 우울증까지 경험했다.

그 후 무언가를 잘한다고 인정받을 때마다 무섭게 그 말을 경계하고 내 자신을 돌아보게 되었다. 겸손이라 생각하고 긍정적으로 받아들일 수도 있겠지만, 사람들은 내게 그것이 '트라우마'라고 말해 주었다. 10년이 지나도, 그 날 벽에 걸렸던 그림이 여전히 내 안에 걸려 있다.

「교회맛 비스킷」

어릴 적, 집 앞에 교회 하나가 있었다. 우리 집과 교회, 그리고 놀이터가 삼각 편대를 이루고 있어 놀이터에서 놀다 보면 항상 그 교회가 보였다. 크리스마스 시즌이 되면 교회 건물은 화려한 조명 옷으로 갈아입었고 커다란 트리도 세워졌다. 놀이터에서 그네를 타며 그 모습을 보는 게 참 행복했다. 정말 크리스마스가 우리 동네에도 찾아온 것 같았고, 멀리서 들리는 캐럴에 마음이 설레고 들떴었다.

하지만 정작 그 교회 안은 거의 들어가 보지 못 했다. 기독교 집안이 아니라 해도 친구들을 따라갔을 법도 한데, 그럴 기회가 거의 없었다. 그러다 누나들과 딱 한 번 함께 교회 행사에 참여한 적이 있다. 당시 내가 너무 어렸기에 기억은 가물가물하지만, 한 가지 생각나는 것이 있다. 바로 교회의 '향'이었다. 고목 냄새 같으면서도, 헌책방의 눅눅한 책 냄새 같기도 하고, 은은한 양초 향도 섞여 있었던 것 같다. 교회 안에서 맡은 그 향을 여전히 기억하고 있는데, 이는 함께 갔던 누나들도 마찬가지다. 우리가 20년이 지난 지금도 기억할 수 있는 것은 누나들과 내가 어른이 된 후, 우연히 그 향을 다시 맡았기 때문이다.

KFC에 가서 갓 구워 낸 비스킷을 쪼개서 입에 무는 순간, 그 교회의 향이 난 것이다. 너무나 황당하고 놀라운 일이었다. 우리 남매는 동시에 그걸 알았다. 나 혼자도 아니고 셋 모두 기억하고 있다는 건 정말 신기한 일이었다. 그래서 우린 그 비스킷을 '교회맛 비스킷'이라고 이름 붙였다. 이 비스킷 덕분에 20년이 훌쩍 지난 지금도, 그 교회 향을 오롯이 기억할 수 있는 것이다.

매번 느끼지만, 세상엔 논리나 과학으로 설명할 수 없는 일들이 많이 일어난다. 어릴 적 교회의 향을 패스트푸드점에서 만날 거라고 누가 생각할 수 있겠는가. 단언컨대, KFC가 망하지 않는 한 교회 향은 불멸하다.

2

다시, 사랑

「연애 얼룩」

그녀에게는 독특한 말투가 있었다.

"하~ 이 사람이 이거~."

어떤 상황에서든 누구와의 대화에서든 그렇게 말했다. 보통의 여학생들이 쓰는 말투가 아니라서 처음엔 당황스러웠다. 그녀의 털 털한 성격을 알고 난 후부터는 그 말투를 좋아하게 되었지만 말이 다. 언제부터였을까. 그녀와 대화하거나 문자를 주고받을 때 나도 모르게 그 말투를 따라 하고 있었다. 함께 있지 않을 때도 버릇처 럼 그 말을 썼다. 심지어 그녀와 헤어진 후에도 그 말투는 쉬이 사 라지지 않았다.

누군가를 만나 함께하다 보면, 자연스레 상대의 말투와 버릇이 몸에 밸 때가 있다. 짧은 감탄사까지 따라 하며 서로가 닮아 가는 것이 마냥 신기하다. 이내 서로를 인연이라 믿게 된다. 적어도 그 순 간은 낭만이고 행복이다.

하지만 사랑은 끝났다. 그럼에도 얼룩처럼 남아 사라지지 않는 버릇들. 이리저리 제멋대로 묻어 있는 그 얼룩은 지우려고 할수록 더 선명해진다. 괴로워도 어쩔 수 없다. 시간이 만든 흔적이니 시간으로 해결해야 한다. 또 다른 사람을 만나고, 그이의 버릇이 내 몸에 배면 이전의 것은 희미해진다. 그러다 어느 날, 내 속에 많고 많은 얼룩들 사이에서 문득 떠오르는 옛사랑의 기억.

그녀에게는 독특한 말투가 있었다.

"하~이 사람이 이거~."

「연애 허당」

　나는 친구들의 연애 상담을 도맡아 했다. 내 상담을 받고 성공한 사례는 없었지만, 나와 대화를 하는 것 자체가 마음의 위안이 되는지 대학 동기, 후배들은 애정 전선에 이상이 생길 때마다 상담 요청을 하곤 했다.

　이들에게는 한 가지 공통점이 있다. 고백 전이나 사귄 후에도 편안함을 느끼지 못하고, 계속 힘들어한다는 것. 사람을 만나고 그 인연을 끌고 가는 것이 어렵다고 했다.

　"그건 당연해. 지금 사랑이 편하다면 그것은 상대방이 너를 더 많이 배려하고 있다는 거야."
　"만약 사랑이 편하다고 느껴진다면 상대방도 같은 마음인지 돌아봐야 해."
　"내 사랑이 편하다고 '우리의 사랑'이 편할 거라 착각하면 안 돼."
　"나중에 몰랐다고 하기에는 무책임한 짓이라고."

상담받던 아이들은 격한 감탄사와 무조건적인 끄덕임으로 내 강의에 화답한다.

고백하자면, 나 또한 당시에는 1년 이상 누군가를 만나 본 적이 없었다. 그럼에도 영혼 없는 웅변을 하듯, 연애 초보의 허세 가득한 허당 강의는 한동안 계속되었다.

나의 짧은 연애의 원인은 무엇이었을까. 내가 다른 사람들에게 조언한 말에 답이 있지 않을까. 그래서인지 연애 상담 후에는 언제나 이런 생각이 들었다.

'나도 앞으로 그래야지.'

「사랑을 적다」

2006년 겨울, 〈연애시대〉라는 드라마가 한참 인기 있었다. 열혈 팬이었던 나는 군대에서 고참들 눈치를 뒤로하고 채널을 지켰다. 이 드라마에서 가장 마음에 드는 부분은 캐릭터의 '독백'이다. 엔딩 직전 흘러나오는 독백은 순두부보다 여린 군인의 마음을 마구 흔들었다. 지금 들어도 정말 멋진 대사다.

시간이 많이 지나 그때의 기억은 흐릿해지고, 예비군 훈련이 끝나 민방위를 앞두고 있던 어느 날이었다. 우연히 옛 싸이월드를 들여다보다 당시 드라마를 보며 게시판에 적었던 문구를 발견했다.

소소한 것. 잊지 못할 만큼 강렬하지만, 창 밖 희미한 빗소리만큼 익숙하고, 짧은 문자에도 담을 수 있는 심플한 것. 처음 보는 누군가의 걸음걸이에서도 쉽게 발견할 수 있는 흔한 것. '사랑'은 때론 이렇게 평범하다.

이 글을 썼을 때의 내가 떠올랐다. 지금보다 더 사랑에 대해 고민하던 시절. 내가 하는 사랑이 과연 사랑인지 늘 의문을 가졌던 시절이다. 사랑이란 것이 한없이 대단해 보이다가도, 부질없게 느껴지기를 반복했다. 10대 때 사춘기를 제대로 겪지 않았는데, 늦깎이 사춘기를 군대에서 보냈던 것 같다. 이런 글도 있었다.

달력 속 많은 기념일을 빠짐없이 챙긴다는 건, 남보다 좀 더 부지런하다는 것 외에 다른 어떤 것도 증명하지 못한다. 그러한 행위로 내 사랑이 특별해지진 않는다. 차라리 내 사랑이 특별하지 않을 수 있다는 것을 받아들여야 한다. 우리가 평범한 사람인 만큼, 내 사랑도 평범할 수 있다는 걸 인정해야 한다. 여태껏 평범하게 살다가, 특별한 사랑을 하는 게 더 이상한 것 아닌가. 우리의 삶처럼, 사랑은 평범해도 괜찮다.

「지질하게」

　나는 옛 사랑에 대한 집착이 컸다. '나의 옛 사랑'이 아닌, '내 애인의 옛 사랑' 말이다. 새로운 장소에 갈 때, 영화를 함께 볼 때 이런 집착이 드러나곤 했다.

　미리 알아보고 찾아 간 유명 커피숍 앞, 왠지 그녀의 눈빛이 심상치 않다. 말수가 적어지고 생각에 잠기는 것 같다. 나에게 티를 내지 않으려 하지만, 미묘한 흔들림에서 나는 그녀가 전에도 이곳에 온 적이 있음을 알 수 있었다. 평소에 쌓은 눈칫밥이 제 기능을 발휘한다. 어쨌든 우린 같은 공간에 있지만, 그녀의 머릿속에는 나 외에 다른 누군가가 공존하고 있는 것이다. 참기 힘든 침묵 속에서 나는 그녀의 옛 사랑에 대한 열등감에 사로잡히고 만다.

　그녀가 전에 만났던 그는 어떤 남자일까. 연륜이 묻어나는 지적인 모습일까. 키가 크고 터프한 이미지일까. 한 번도 보지 못한 그 사람을 상상 속에서 마구 포장한다. 이는 마치 섀도복싱과도 같다. 허공에 휘젓는 무의미한 잽일 뿐이다. 정말 지질함의 극치다.

'그녀가 한때 사랑했던, 나보다 더 오래 그녀 옆에 있던 남자.'

그녀의 말투와 습관, 미소를 볼 때마다, 알아서 좋을 것도 없는 그녀의 옛 사람을 찾아내고 괴로워했다. 이것은 흡사 장난감을 남과 나누기 싫어 떼쓰는 어린이의 심리와 비슷하다. 유치하고 서툴고 나약했다. 감당할 자신도 없으면서 기어코 물고 늘어져 그녀에게 상처를 주고 만다. 이런 못난 모습을 본 친구가 말했다.

"잘 들어봐. 지금 네가 좋아하는 그녀의 모습은 그녀가 처음부터 모두 갖고 있던 게 아니야. 널 만나기 이전 사람들을 통해 깨지면서 얻은 거라고. 일종의 RPG 게임인 거지. 오랜 시간을 투자해야만 얻을 수 있는 아이템 같은 것. 그녀가 가진 매력은 시간과 노력을 통해서 정직하게 얻은 거야. 그걸 무시하면 되겠어?"

그녀를 RPG 게임에 비유한 이 허무맹랑한 말은 묘하게 설득력이 있었다. 나는 이 지긋지긋한 섀도복싱을 끝낼 수 있는 방법이 그녀를 인정하는 것에서 시작해야 한다는 것을 친구의 게임이론을 통해 깨달았다. 이전의 그녀가 선택한 결정들을 내 멋대로 판단하지 말고, 있는 그대로 받아들여야 지금 나를 선택한 그녀 마음 또한 진심이라고 믿을 수 있고, 열등감에서도 벗어날 수 있다.

서른이 지나 결혼까지 한 지금, 이 생각은 더욱 확고하다. 지금 막 누군가를 만나기 시작했거나 마음처럼 연애가 잘 풀리지 않는다면, 일단 상대를 '인정'하는 것부터 시작해 보자.

경험상, 지질한 연애는 지질한 내 마음에서부터 비롯된다.

「인연」

    월요일 아침, 오랜만에 비다운 비가 온다. 눅눅한 여름비 대신, 상쾌한 가을비라 출근길부터 기분이 좋다. 한강을 가로질러 가는 지하철 창문에도 빗방울이 춤을 추듯 흘러내린다. 듣고 있는 음악과 절묘하게 맞춰서 빗방울이 떨어지고 그 너머 서울 풍경이 아른거린다. 회사에 도착해서도 시선은 자꾸 창밖으로 간다. 늦더위에 한동안 비가 오지 않아 답답했는데, 간만에 내리는 가을비도 금세 그쳐 버릴까 자꾸 확인하게 된다. 결국 점심은 간단히 먹겠다며, 혼자 우산을 쓰고 거리로 나왔다. 비 오는 대학로 거리는 나름 운치가 있다. 낙산 공원을 따라 걷기 시작했다.

    낙산 공원으로 올라가는 거리에는 벽화가 참 많이 있다. 간혹 숨어 있는 벽화를 발견하는데, 그날도 벽화 옆에 걸려 있는 어느 무명 사진작가의 작품을 찾았다. 인파 속 연인들의 모습이 담겨 있었다. 마주 보며 함께 우산을 쓰는 모습, 벤치에서 서로를 응시하는 모습, 손가락으로 상대의 이마를 어루만져 주는 모습까지.

    가을비 내리는 대학로에서 만나는 이 사진들이 마치 나의 인연

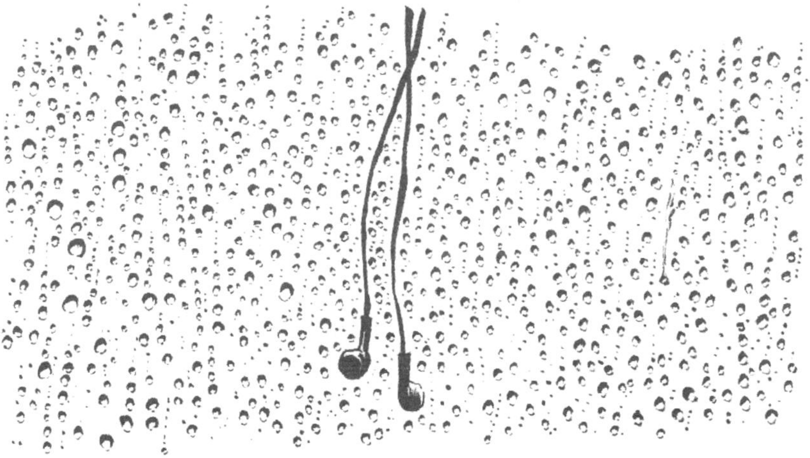

이란 생각이 들었다. 저마다 만나는 수많은 인연들을 그려 보면 어떨까. 만약 우리가 평생 동안 만나는 모든 것들이 인연이라 한다면, 나는 그들을 바다 위의 조각배로 그릴 것이다.

우리가 사는 '삶'은 깊이도 크기도 짐작할 수 없는 넓은 바다다. 그 수면 위로 크기도, 색도, 질감도 제각각인 조각배들이 수없이 많은 점이 되어 떠다닌다. 멀리서 불어오는 바람을 타고, 크고 작은 파장들을 만들며 서로 나아간다. 그러다 두 조각배가 만나 닻을 내리고 서로의 공간에 머문다. 그 시간을 공유하는 것이다. 배는 '친구'일 수도, '음악'이 될 수도, '냄새'가 될 수도 있다. 오늘의 '가을비'가 될 수도 있는 것이다. 지금 내 시간과 삶에 영향을 미치고 있는 모든 것들이 결국 인연인 것이다. 그것이 인연인지 모르고 지나갈 때도 있지만, 오늘같이 온몸으로 느낄 때도 있다.

지금, 내 글을 읽고 있는 당신과 나도 닻을 내리고 서로에게 정박해 있다. 이 또한 인연이란 생각을 해 본다. 평범한 일상 속에서 바람과 파도에 이끌려 만나 듯, 사진 속 저 많은 연인들도 인연인 것처럼, 우리도 인연인 것이다. 인연은 일상적이면서도 기막힌 우연이라, 오늘 이 가을비와 사진들이 참 소중하다.

「to be continue」

2007년, 솔로생활 3년차로 접어들 때였다. 간절히 원하면 이루어 진다고 했던가. 드디어 여자 친구가 생겼다.

우리는 카페테리아에 앉아 대화를 하다 어느새 순간 이동을 해서 해 질 녘 거리를 걸었다. 배경은 매우 이국적이었고, 거리는 적당히 붐볐다. 거기에 자연스러운 노을빛이 어우러져 황홀한 풍경이었다. 그녀는 검정 원피스와 환한 미소가 예쁜 여자였다. 그 순간을 매우 행복하게 느낀 나머지 나는 평소와 달리 매우 큰 목소리 웃어댔다.

"하하하하하!"

그 소리가 어찌나 경박했는지 스스로 잠에서 깨고 말았다. 그렇다. 꿈속에서 여자친구가 생겼던 거였다. 멀뚱멀뚱 눈을 뜨니 현실은 어두운 내 방. 길게 한숨이 나온다. 이 허탈감을 감출 수가 없다. 누가 보지도 않았건만 이내 밀려오는 쪽팔림. 욕구불만인가 싶다가도, 꿈속의 그 여인을 다시 보고 싶어 눈을 질끈 감고 잠을 청해 본다. 부질없는 행동이다. 안타깝게도 꿈속에는 'to be continue'가 없다.

「연애를 시작하는 방법」

　대학원에서 광고홍보학을 공부했다. 3학기에 접어들면서, 틈틈이 교양과목 강의를 들었다. 그때 교육학과 강의를 들었을 때의 일이다. 주변 인물 중 한 명을 선택해서 인터뷰한 뒤, 모든 대화 내용을 적은 스크립트를 제출하는 것이 과제였다. 주제는 추상적이고 난해했다. '상대방이 진로 선택을 하게 된 배경과 그동안 해 왔던 선택들, 그리고 관련 이야기들'을 심도 있게 들어 보는 것이었다. 분량과 시간에 제약 없이 자연스럽게 상대의 이야기를 최대한 이끌어 내는 것이 미션이었다.

　나는 누구를 인터뷰할 것인지 고민했다. 당시 친한 친구들의 직업은 다양했다. 기자, 국회의원 비서, 부동산 중개업자, 연구원, 백수 등. 하지만 왠지 모두 뻔한 이야기를 들려줄 것 같은 기분이 들어 친구들은 일단 후보에서 제외했다. 학교 안 카페에서 커피를 마시며 고민하던 중, 마침 같은 학과 선배가 지나가는 것이 보였다. 평소에 인사만 나누는 사이였던 선배는 성적도 좋고 똑똑하기로 유명했다. 친해지고 싶었지만 계기가 없었다. 발을 동동 굴리며 고민하다, 선배가 다른 사람과 대화를 끝내고 자리를 떠나려 할 때 다가가 말을 걸었다.

"선배, 안녕하세요."

"아, 안녕하세요. 오랜만이네요."

어색한 인사를 마치고 말을 이었다.

"이번에 교양으로 질적연구 수업을 듣는데요. 인터뷰 과제가 있는데, 혹시 선배를 인터뷰해도 괜찮을까요?"

선배는 자기를 인터뷰할 게 있냐고 민망해하며 웃었다. 나는 선배가 최적의 대상자라는 것을 어필하고 설득했다. 선배도 재미있는지 승낙했고, 약속 시간과 장소를 정한 뒤 우리는 헤어졌다. 심장이 콩닥거리고 숨이 찼다. 사실 나는 꽤 오래전부터 그 선배에게 호감을 느꼈다. 함께 분식집에서 식사한 적이 있는데, 그때 옆에 앉았던 그 선배의 말투와 음악 취향이 나와 놀라울 만큼 비슷했기 때문이다. 결정적으로 그녀는 내가 좋아하는 예쁜 눈웃음을 가지고 있었다. 가까워지고 싶었지만 좀처럼 기회가 없었는데 과제용 인터뷰라니! 이보다 더 자연스럽게 다가가는 방법이 또 있을까.

며칠 후, 빈 강의실에서 선배와 인터뷰를 진행했다. 책상 위에 녹음기를 올리고 선배와 마주 보고 앉았다. 강의에서 배운 것을 흉내 내며 인터뷰를 시작했다.

"학창 시절 꿈꾸던 직업이 있었나요?"

이 질문을 통해 선배에 대한 많은 부분을 알 수 있었다. 선배는 중·고등학교 때부터 방송부에서 활동하고 대학교에서는 신문방송학을 전공했는데 모두 한 가지 목표를 위해서였다. 선배는 오래전부터 방송국 PD가 꿈이었고, 이를 위해 차근차근 준비해 온 것이다. 선배는 본인이 도전했던 일들과 실패했던 일들, 그리고 힘들었던 일들까지 성의 있게 말해 주었다. 인터뷰하는 나도 신기하게 느껴질 정도로 허물없는 대화가 이어졌다. 지극히 사적인 마음으로 인터뷰를 시작한 것이 미안해져서, 중반부터는 나도 진지하게 인터뷰에 임했다. 그렇게 세 시간 동안 우리는 쉬지 않고 대화를 나눴다.

인터뷰가 끝난 후에도 나와 선배는 만나면 가볍게 인사만 나누는 사이였다. 나는 일주일 동안 귀에 이어폰을 끼고 선배와의 인터뷰 녹음 파일을 반복해 들으면서 모든 대화를 옮겨 적었다. A4용지 37장 분량이었다. 듣는 동안 내 손은 열심히 타이핑하고 있었지만, 머릿속은 온통 선배 생각뿐이었다. 이어폰으로 선배 목소리를 들으니 바로 옆에 있는 것 같기도 하고, 몰래 뭔가를 엿듣고 있는 스토커가 된 기분도 들었다. 과제를 마무리하면서, 내 마음도 함께 정리하고자 노력했지만, 한 달이 채 지나지 않았을 때 나는 선배에게 마음을 전하고야 말았다.

보통 연애는 조심스럽게 서로의 마음을 확인하고, 시간을 두고 상대에 대해 알아 가며 시작한다. 나는 이 모든 과정을 인터뷰를

통해 3시간 속성으로 끝낸 셈이니, 고백할 때 내 감정 표현 또한 군더더기 없이 솔직했다.

"파일을 계속 듣다 보니 확신이 생기더라. 너 많이 좋아해."

한 치의 흔들림 없이 반말로 고백했다. 많은 우여곡절이 있었지만 우린 결국 연애를 시작했고, 덕분에 서로 의지하며 힘든 대학원 과정을 잘 마무리할 수 있었다. 그 후 사회생활을 할 때도 서로에게 버팀목이 되었다. 우린 그렇게 3년의 연애 끝에 결혼을 했고, 어느덧 결혼 1년차에 접어들었다. 아내가 된 선배는 그때 너무 쉽게 인터뷰를 승낙한 것을 후회했지만, 내심 재미있는 추억이라고 생각하는 눈치다.

인터뷰를 하고 결혼까지 이어질 수 있는 확률은 높지 않다. 주변에서 한 번도 보지 못했다. 그럼에도 만약 누군가에게 마음을 전하고 싶거나 좀 더 그 사람에 대해 알고 싶다면, 내가 했던 방법을 써 보길 바란다. 인터뷰는 매우 자연스럽게 하지만 진지하게, 연애를 시작할 수 있는 좋은 방법이다.

「하이파이브」

　연애하다 보면, 가끔 내 바닥과 하이파이브를 하게 된다. 나도 수없이 많은 하이파이브를 해 가면서 지금의 아내와 만났다. 25년 이상을 남남으로 살아오다, 함께하려니 잘 안 맞는 것은 당연하다. 어쩌면 연애에서 다툼은 필연적인 것이다. 하지만 싸울 때의 내 모습은 꼭 기억해야 한다. 만약 휴대폰 동영상으로 찍을 수 있으면 찍어두자. 자신의 진짜 모습을 알 수 있는 방법이다.

　나는 평소 침착하다는 말을 자주 듣는다. 그래서인지 싸울 때에도 드라마 속 주인공처럼 깔끔한 모습과 쿨한 목소리로 현명한 판단을 내리며 상황을 해결할 수 있다고 믿었다. 하지만 현실은 달랐다. 격앙된 목소리는 갈라지고, 얼굴은 붉으락푸르락 달아오른 채, 자기변명과 변호에만 열을 올린다. 한마디로 상상할 수 있는 가장 치졸한 모습이다. 내가 머릿속에 그렸던 점잖은 모습과는 거리가 멀다.

　내가 어떤 사람인지, 내 그릇이 어느 정도 크기인지 궁금하다면 연인과 다툴 때의 내 모습을 떠올려 보자. 내 진정한 바닥의 깊이를 볼 수 있다. 기분 좋을 때는 깡패나 성인군자나, 누구나 잘한다. 그때 잘한다고 생색내면 자기 그릇의 깊이가 접시라는 것을 자인하는 것이다.

좁디좁은 내 인품의 바닥을 보았다면 그 초라한 순간, 온갖 변명으로 더 추잡해지기보다 그냥 인정하는 것이 낫다. 지금의 내 바닥이 딱 이 정도임을. 너무 부끄러워할 필요는 없다. 바닥의 깊이를 발끝으로 느꼈으니 이제는 좀 더 깊이 들어갈 수 있게 되었다.

개인적으로 결혼하면 하이파이브를 좀 덜 하게 될 줄 알았는데, 이제는 머리로 다이빙을 하고 있다. 결혼생활도 연애만큼 어렵다.

「짝사랑 엔딩」

아기가 엄마의 몸짓, 말투에 집중한다. 반려동물은 주인만 보면 꼬리를 흔들며 따라 다닌다. 어른이 되어서도 이렇게 무조건적으로 집착할 때가 있다. 바로 짝사랑을 할 때다. 성별, 나이, 국적을 초월하는 짝사랑은 누구나 공감하고, 경험할 수 있으며 예고 없이 만나게 된다.

짝사랑을 시작하게 되면, 머릿속에 큰 방 하나를 비워 놓아야 한다. 수시로 상대가 들락거리기 때문이다. 그냥 얌전히 들어왔다 가는 것도 아니다. 쿵쾅쿵쾅 요란하기도 하고, 이리저리 휘젓기도 하며, 잘 정리된 머릿속 서랍을 헝클어뜨리기도 한다. 무엇보다 짝사랑 상대는 항상 어려운 말과 애매한 행동으로 선택장애와 언어장애를 유발시킨다. 상대 앞에서는 태연한 척, 쿨한 척 말하지만 돌아서서 머리를 쥐어뜯으며, 자신의 저주받은 입을 한탄한다. 다음에는 잘하리라 마음먹어 보지만, 생각이 많아질수록 오히려 증상이 악화된다.

나이가 들면, 혹은 연애 경험이 쌓이면 나아질 것 같다. 하지만

짝사랑은 예고 없이, 그리고 경력의 고려 없이 찾아오기 때문에, 결국 비슷한 증상을 반복하게 된다.

우리를 힘들게 만드는 짝사랑 엔딩은 대략 세 가지 유형으로 정리된다. 먼저 가장 좋은 케이스는, 상대가 나의 마음을 받아 주는 해피엔딩이다. 이 확률은 매우 낮아 실제로 거의 보기 힘들다. 두 번째 유형은, 고백 후 동병상련의 친구들과 모여 눈물의 술자리를 갖는 것이다. 비슷한 상황의 친구들과 서로 위안을 삼으며 다음 사랑을 기약하는 시간을 갖는다. 마지막은 짝사랑을 그냥 그대로 두는 것이다. 이 방법에 대해 용기가 없다며 평가절하 하는 사람들이 있지만, 개인적으로는 나쁜 방법이라고 생각하지 않는다.

짝사랑은 그렇게 단순하지 않다. 우리는 때로 '인간적인 끌림'을 짝사랑이라 착각하기도 한다. 사랑처럼 복잡한 감정이 아니라 그저 인간적으로 그 상대에게 끌리는 감정을 짝사랑이라 느끼고 답을 찾으려고 하는 순간부터 고뇌는 시작된다. 상대가 거부하게 되면, 처음부터 잘못 끼워진 단추로 인해 멘탈에 심각한 타격을 받게 된다.

물론 사랑인지, 단순한 끌림인지를 구분하기는 힘들다. 당시에는 머리가 제 기능을 못하기 때문이다. 그렇기에 고백을 할지, 그대로 둘지는 신중하게 결정해야 한다. 마음속 말을 입밖으로 내뱉는 순간 돌이킬 수 없어진다. 그래서 짝사랑은 애물단지인 것이다.

3

여행 레시피

「혼자 하는 여행」

    20대 후반, 혼자 여행길에 올랐다. 목적지는 독도. 독도가 특별히 가 보고 싶었던 것은 아니었다. 그저 동쪽으로 가장 멀리 있고, 이런 식으로 작심하지 않으면 평생 갈 일이 없을 것 같아서다. 무엇보다 하늘이 돕지 않으면, 독도로 가는 바닷길을 건널 수 없다는 말이 매력적으로 들렸다. 막연한 객기와 여행에 대한 갈증이 맞물리면서 여행 준비는 일사천리로 진행되었다. 이 여행을 통해 특별한 것을 기대한 건 아니었다. 독도는 그저 상징적인 목표였을 뿐, 혼자만의 여행을 경험해 보고 싶었다. 대학 새내기 때부터 가졌던 이 소박한 로망을 더 이상 미루고 싶지 않았다. 혼자 가는 여행이니 준비도 간단했다. 인터넷으로 독도로 가는 루트를 찾아보고, 단숨에 경유지를 정했다. 첫 번째 목적지는 포항. 울릉도에 들러 독도로 들어가는 코스다.

    이틀 후, 포항행 기차에 올랐다. 평일인 데다 비도 제법 와서인지 기차 안은 한적했다. 혼자 등산을 하거나 가까운 계곡에 간 적은 있었지만, 이렇게 기차를 타고 멀리 가는 건 처음이다. 3박 4일 동안 철저히 혼자 보내기로 했다. 한편으로는 드라마 속 주인공처럼 인연을 만날 수도 있겠다는 환상에 마음이 설렜다.

다섯 시간을 달려 도착한 포항. 숙소에 짐을 풀자마자 밖으로 나왔다. 포스코 공장의 야경을 빨리 보고 싶어서였다. 이곳은 오래전에 봤던 드라마 〈네 멋대로 해라〉에 등장했던 포항의 명소이다. 한참을 걸으니, 깜깜한 바다와 육중한 공장의 굴뚝에서 뿜어져 나오는 수증기가 희미하게 보였다. 조명들이 껌뻑거리며 밤하늘을 화려하게 수놓았다. 비현실적인 모습이었다. 보다 가까이 다가가니, 화려하기보다 우울해질 만큼 적막해 보였다. 생각보다 너무 고요했고, 공장 불빛이 답답하리만큼 정적이었다. 일단 사진을 찍으며 여기 왔음을 자축했다. 저녁을 못 먹어 허기졌지만 지금 이 야경을 최대한 눈에 담고 싶어 해변을 따라 한참을 걸었다.

다음 날 아침 일찍 '호미곶'으로 갔다. 우리나라에서 가장 먼저 일출을 볼 수 있는 곳. 한반도 호랑이의 꼬리 부분에 위치한 곳이었다. 역시나 사람이 없었다. 그 넓은 공원에 나와 외국인 관광객들뿐이었다. 혼자 그 넓은 공원을 걷고 있으니 외국인들도 나를 힐끔힐끔 쳐다봤다. 무시하고 주위를 둘러보니, 저 멀리 '상생의 손'이 보였다. 포스코 공장의 야경만큼 보고 싶었던 것이었다. 발걸음이 빨라졌다. 아직 추운 날씨 때문인지 덩그러니 바다에 떠 있는 손이 더 춥게 느껴졌다. 무엇을 의미하는지는 잘 모르지만 멋있었다. 넓은 바다를 배경으로 태양을 들어 올릴 것 같은 손가락과 디테일한 주름이 그저 멋있었다. 요리조리 각도를 바꿔 가며 사진을 찍었다. 포항에서 가장 가고 싶었던 곳을 모두 가고 나니, 시간이 좀 뜨고 말았다. 예정보다 빨리 최종 목적지 독도에 가기로 하고 포항 구항으로 향했다.

그런데 이놈의 버스가 도무지 올 생각이 없고 버스정류장 표시도 제대로 되어 있지 않다. 기다리다 지친 나는 일단 걷기 시작했다. 1시간 남짓 걸었을까. 내가 잘못 생각했음을 깨달았다. 호미곶에서 항구까지는 걸어갈 수 있는 거리가 아니었다. 언덕길을 오르며 나의 무지함을 탓하고 있을 때, 승용차 한 대가 내 앞에 섰다. 남자 두 명이 타고 있었다.

"어디까지 가세요?"

나는 가방을 손으로 질끈 쥐며 잔뜩 경계하는 눈빛으로 목적지를 말했다. 그들은 방향이 같다며 생판 모르는 내게 차에 타라고 했다. 순간 망설여졌지만 더 이상 걸을 힘이 없어 차에 올라탔다. 그들은 차 안에서 자신들을 소개했다. 부산에서 온 30대 중반의 아저씨들이었고, 전날 회사에서 잘려 홧김에 낚시나 하러 포항에 왔다고 했다. 놀라운 붙임성을 가진 그들은 나에게 말린 건어물을 주고, 포항 관광지도 소개해 주었다. 나는 그들에게 독도로 가는 방법과 배편을 물었다. 독도 여행을 제대로 즐기는 방법도 알아

냈다. 인터넷 검색으로는 절대 알 수 없는 귀한 정보였다. 30분쯤 달려 항구에 도착했다. 그들은 회덮밥 맛집까지 추천해 주며, 짙은 훈훈함을 남기고 사라졌다. 혼자 온 여행에서 본의 아니게 히치하이킹까지 하게 될 줄이야. 세상사 어찌 될지 모르는 거다.

울릉도행 배를 예약하기 위해 항구로 들어갔다. 일이 술술 풀리는 기분이었다. 다음 날 오전 열 시에 출발하는 배를 예약했다. 하늘이 생각보다 쉽게 바닷길을 열어준 것이다. 나는 추천받은 식당에서 회덮밥 한 그릇을 뚝딱 해치우고 숙소로 돌아왔다. 내일 나는 울릉도로 간다. 그리고 바다를 건너 독도로 간다. 혼자 중얼거리며 잠들었다.

띠리잉. 이른 새벽 문자가 왔다. 잠결에 그 문자를 응시했다.
'풍량 주의보로 인해, 금일 울릉동행 배편은 모두 취소되었습니다. 다른 날짜로 다시 예약 부탁드립니다. 감사합니다.'
나에게 다른 날짜는 없다. 오늘이 아니면 안 된다. 방심했다. 자만했다! 너무 쉽게 간다고 했다! 역시 바닷길은 쉽게 열리지 않는 것이었다. 나는 누운 자세 그대로 한참 동안 마음을 가다듬었다. 뭐 어쩌겠는가. 어차피 독도는 상징적인 존재였을 뿐, 크게 의미 없었으니 됐다. 다른 곳으로 가기로 마음먹고 지도를 폈다. 이 역시도 혼자 하는 여행이라 가능한 것이다. 일행이 있었으면 잘했니, 못했니 티격태격했을 게 뻔하다. 지도를 보다 눈에 들어온 곳은 강릉이었다. 강릉에서 서울로 돌아오는 교통편도 비교적 많았다. 자, 다음 목적지는 강릉이다. 고속버스를 타고 동해 해변을 따라 올라갔다.

졸다가, 바다를 보다가, 음악을 듣다 보니 어느새 강릉터미널에 도착했다. 숙소는 바다 근처 여인숙으로 잡았다. 혼자 하는 여행은 여러모로 편했다. 누굴 배려할 필요도, 동의를 구할 필요도 없었다. 단점이라면 그저 심심하다는 것 정도. 겨울 바다는 생각보다 훨씬 추웠다. 챙겨 온 벙거지를 눌러쓰고 음악을 들으며 해변을 걸었다. 지금도 그때 들었던 노래를 들으면 강릉의 겨울 바다가 떠오른다. 나를 아는 사람이 없는 곳에서, 말없이 혼자 있는 그 시간이 의외로 편안했다. 바로 옆에서 깨져 흩어지는 파도 소리와 이어폰 속 음악이 내 귀 안에서 공명하며 아늑함을 선사했다.

해가 진 뒤 숙소로 향했다. 돌아오는 길에 온천이 눈에 띄어 무작정 들어갔다. 온천을 여행의 마지막 코스로 정했다. 이런 곳에 관광 온천이 있을 줄이야. 너무 준비를 안 했던 여행이었기에, 절묘하게 찾아온 이 행운에 감동 받았다. 느긋하게 온천물에 몸을 녹이고 3박 4일의 여행을 마무리했다. 실실 웃음이 나온다.

다음 날 새벽 다섯 시, 서울로 가는 첫차를 타기 위해서 숙소에서 나왔다. SNS를 하고 있었지만 사진은 한 장도 올리지 않았다. 나만의 여행이었으니, 혼자서만 기억하고 싶었다. 독도라는 목표는 여전히 유효하니 언젠가 다시 한 번 떠나 보고 싶다.

「서울 풍경」

3박 4일의 제주도 여행을 마치고 김포행 비행기를 탔다. 여행이 늘 그렇듯, 마지막 날이 되면 의기소침해진다. 진정 휴가가 다 끝난 것인지 스스로 되묻게 된다. 부정하고 싶지만 난 이미 김포행 비행기 33A 좌석에 앉아 있다. 여행이 끝난 뒤, 내 자리로 돌아가는 것이 싫다. 막상 가서 앉으면 곧 적응하겠지만, 그 자리로 돌아가는 길은 언제나 힘들고 망설여진다.

기내에 흘러나오는 기장의 안내 방송이 끝나자, 비행기는 요란한 굉음과 함께 활주로를 달린다. 이내 가뿐히 땅을 박차고 날아오른다. 내 마음은 전혀 가뿐하지 않아 계속 아래를 내려다보며 제주도를 붙잡아 본다.

회색의 구름 뭉치들 사이로 거대한 땅덩어리가 보인다. 장난감 블록처럼 제주도의 작은 건물들이 모여 있다. 도로에는 자동차들이 드문드문 개미처럼 꾸물거리고, 사람들이 오고 간다. 조금 더 올라가니 그마저도 보이지 않는다. 하나라도 더 보고 싶어서, 필사적으로 아래를 계속 내려다본다. 정말 집과 회사에 돌아가기 싫다.

한 시간 남짓 거리. 곧 서울에 도착한다는 방송이 나온다. 사실 귀보다 눈으로 먼저 확인했다. 지금 내 아래는 헤아릴 수 없이 많은 건물과 다리로 가득 차 있다. 빼곡히 세워진 고층 아파트 단지와 빌딩 숲에 싸여 한강은 검게 그늘져 있고, 제멋대로 뒤엉켜 있는 다리 위 자동차들은 달리지 못하고 서로 꼬리를 물고 있다. 하늘에서 본 서울 풍경은 경이로움보다 치열함이, 동경보다는 연민이 느껴진다. 미니어처 같은 건물들이지만 제주도의 풍경에는 그래도 '사람'이 보였는데, 서울 풍경에는 사람 대신 온통 그늘만 보인다. 그늘 때문에 사람이 잘 보이지 않는다. 사람들은 다 어디에 있는지.

내 자리로 돌아간다는 건, 저 안으로 다시 들어가는 거다. 그래서 그렇게 싫었나 보다.

「한낱 계획표」

어릴 적, 방학이 시작되면 내 방 한쪽 벽에 계획표를 붙였다. 학교에서 계획표를 만들어야 방학을 알차게 보낼 수 있다고 알려 주기도 했지만, 누군가 시키지 않아도 스스로 계획표를 그려서 붙여 놓곤 했다. 욕심이 많아 방학에 하고 싶은 것들을 빼곡히 그 안에 집어넣어야 안심됐다. 그 안에는 지키고 싶지 않은, 지킬 수도 없는 일과들도 함께 적었다. 누군가에게 보여 주기 위해서이기도 하고, 계획표에 채워 넣기만 해도 마치 하고 있다는 안도감이 들었기 때문이기도 했다. 방학 동안 무의미하게 채워진 그 계획표를 보면서 나는 위안을 받는 동시에 지키지 못하고 있다는 스트레스도 받았던 것 같다.

이런 비효율적인 계획표 만들기는 어른이 되어서도 계속되었다. 더 이상 선생님도, 부모님도 내 스케줄을 확인하지 않지만, 지금도 그 안에서 아등바등 살아가고 있는 것이다. 미팅 세 개와 회의 두 개. 오늘 소화해야 할 스케줄이다. 여기에 스터디를 하고, 이벤트 기획서를 써야 하며, 퇴근 후에는 회식에 참석해야 한다. 일정을 모두 마치고 나면 내일 또 다른 회의들이 기다리고 있다. 영어 강의를 들으러 종로에도 가야 한다. 그나마 옛날 계획표에 비하면 현실적이지만 여전히 빡빡하고, 한결같은 일과들이다. 스케줄마다 구분하기 좋게 색을 칠해야 하는데, 이 스케줄 안에 있는 일과들은 어느 색으로 채워도 이상할 것 없는 무채색이다. 이리 넣고 저리 넣어도 차이가 없는, 다 뻔한 일들이다. 나에게 묻고 싶어졌다.

계획대로 살아서, 지금 행복한가?

과거의 선택들에 대해 그저 후회만 하는 건 아니지만, 되도록 현실에 타협하고 안정을 최우선으로 했다는 것을 부정할 수 없다. 그리고 앞으로도 이런 패턴이 바뀌지 않고 반복될 것이다. 나는 인생을 살면서 '모험'이란 것을 해 본 적이 없다. 과연 현명했던 것인지 의문이다. 사회에서 만난 사람들 중에는, 나와 전혀 다른 길을 선택했지만 돌고 돌아 결국 나와 같은 위치에 있는 사람들도 있다. 내가 정답이라고 믿었던 길이 아닌, 좀 더 돌아가는 길을 선택한 사람이 지금 나와 함께 있을 때, 인생의 기로에서 내가 선택할 수 있는 옵션이 많았다는 것을 깨닫게 된다. 돌이켜 보면, 나는 당시 택한 길이 정답이 아니란 걸 알면서도, 다른 길로 가 볼 시도조차 하지 않았다. 그 길은 너무 위험해 보였으니까.

여행과 비슷하다. 누구나 일상의 답답함을 느낄 때 훌쩍 떠나는 것을 꿈꾸지만, 실제로 행동으로 옮기려면 뭔가를 내려놓을 수 있는 용기가 필요하다. 기회비용처럼 내가 가지고 있는 것을 하나쯤 포기해야만 누릴 수 있는 가치이기에, 사람들은 앵무새처럼 중얼거리기만 하고 실천하지 못한다. 경력의 단절과 경쟁에서 뒤쳐진다는 불안감이 발목을 붙잡고 있어 결국 내년을 기약하며 올해도 포기한다.

'지금 행복한가'라는 물음에 대한 답은, 지금까지와는 좀 다른 선택을 했을 때 비로소 알 수 있을 것이다. 그 답을 찾기 위해 난생처음 홀로 해외여행을 떠나려고 한다. 목적지는 중국 베이징이다. 여행을 간다고 당장 뭔가 바뀌지는 않겠지만, 떠나고 싶으니 일단 떠나려는 것이다. 이것저것 따지지 않고, 어디론가 떠나고 싶다는 지금 내 마음에 충실해 보려고 한다. 그리고 이렇게 계획 없이 떠나는 여행이 그동안 내가 걱정했던 것처럼 위험한 것이었는지 직접 확인해 볼 것이다.

한국으로 돌아오는 비행기 안에서 이제 내 인생 계획표에 조금 다른 색이 입혀지길 꿈꿔 본다.

「인월」

매년 가을이면 친척들과 성묘를 위해 남원으로 내려간다. 대학교 때부터 거의 매년 갔으니, 이 가을 행사도 얼추 10년째이다. 아버지 오 남매의 식구들이 모두 모이기 때문에, 명절 대이동을 방불케 한다. 성묘 코스는 단순하다. 네 시간을 달려 남원에 도착하면, 주인아저씨가 반갑게 우리를 맞이하는 지리산 톨게이트 앞 단골 식당에서 밥을 먹는다. 식사 후에는 쉴 틈 없이 바로 성묘를 한다. 성묘는 한두 시간 정도면 끝난다. 그 뒤 유명한 고깃집에 찾아가 흑돼지를 사고, 지리산 뱀사골을 지나 단골 펜션으로 향한다. 펜션에서는 고기와 술이 가득한 만찬이 시작된다. 일종의 성묘 코스프레를 한 '가족여행'인 것이다. 이른 술자리는 저녁 여덟 시가 되기도 전에 끝난다. 어른들은 다들 피곤하신지 코를 골며 일찌감치 주무신다.

나는 친척 형들과 술도 깰 겸 계곡 주변을 걷는다. 늦가을 바람이 제법 매섭지만, 적당한 취기 덕에 그다지 춥지 않다. 걷다 보니, 지리산 주변 지명을 소개한 커다란 표지판이 보인다. 자주 왔었는데도, 이 큰 표지판을 한 번도 본 적이 없었다. 찬찬히 훑어보다 익숙한 지명이 눈에 들어왔다.

인월(引月).

어머니와 아버지가 태어난 곳이다. 인월, 인월 늘 듣던 곳인데, 그 뜻은 몰랐다. 이름이 생긴 배경은 이러했다.

1380년 황산대첩, 이성계는 침입한 왜구와 맞서 전라도 일대에서 전투를 벌였다. 날이 저물어 전투가 어려워지자, 이성계가 하늘에 떠 있는 달을 이곳으로 끌어와 왜구 장수의 목에 활을 맞췄다고한다. '달을 당겨온 곳'이라 해서 인월인 것이다.

"완전 멋지다!"

아무런 감흥이 없는 형들 사이에서 혼자 호들갑을 떨었다.

인월. 짧지만 발음했을 때 은은하고 운치가 있다. 나뭇가지로 흙위에 써 봐도 멋스럽다. 부모님은 이렇게 멋진 곳에서 태어난 것이다. 다음 날 아침, 어머니께 지명이 생긴 유례에 대해 여쭤 보니, 잘알고 계셨다. 그리고 자신의 이야기도 해 주셨다.

어머니는 20대 초반까지 인월에 살았다고 한다. 그때는 농사를짓고 하늘만 바라보는 일상이 너무 답답해, 도시로 나가고 싶다는생각만 하셨단다. 하루 종일 농사일을 하고 밤에 집으로 돌아오는길이 너무 깜깜해 아무것도 안 보이는데, 달빛이 밝게 밭을 비추기시작하면 집으로 가는 돌담길이 보였다고 한다. 전기가 없던 시절

이라, 달빛을 따라 집으로 갔던 것이다. 인월, 혼자만 알기엔 너무
멋진 곳이다.

　다음 날 회사에 출근해 동료들에게 물었다.

　"혹시, 인월이 어떤 곳인지 알아요?"

「루체른의 주말」

신혼여행으로 스페인의 바르셀로나, 그리고 스위스의 인터라켄, 루체른에 갔다. 처음 유럽에 가는 나에게는 거리의 작은 돌담과 시계탑조차 신기하고 멋져 보였다. 저마다의 개성이 강한 도시들이지만, 루체른에서의 3박 4일이 가장 기억에 남는다. 이곳에서 보낸 주말이 조금 특별했기 때문이다.

인터라켄 '융프라우'의 벅찬 감동을 뒤로하고, 루체른 기차역에 도착했다. 역전으로 나오면 눈앞에 로이스강이 흐르고 있고, 가장 오래된 목조 다리인 카펠교와 강가의 호텔들이 한 시야에 들어온다. 유명한 곳이라고 하니 다들 어디서 본 듯했다. 아마 달력이나 윈도우 바탕화면에서 봤을 것이다. 로이스 강을 따라 커피숍과 멋스러운 식당들이 길게 자리 잡고 있다. 블로그 검색으로 알게 된 맛집 간판들도 보였다. 야외 테라스에 앉아 맥주 한잔하며 이야기를 나누는 루체른 사람들. 강가가 내려다보이는 벤치에 앉아 책을 읽는 아저씨, 주변을 뛰노는 강아지들. 그 뒤가 우리의 숙소였다.

나와 아내는 들뜬 마음에 서둘러 짐을 풀고, 본격적으로 도시

구경을 시작했다. 루체른은 평일이나 주말이나 항상 사람들로 북적이는 관광도시다. 아내와 나는 쇼핑하는 것보다 눈으로 보는 것을 선호하기 때문에 되도록 많이 걷고, 또 걸었다. 지도를 펴놓고 서로 코치와 선수가 되어 독려하고 끌어 주며, 온 도시를 걸어 다녔다. 다섯 시간쯤 걸었을까? 해 질 녘, 우리는 식사를 하기 위해 상가들이 모여 있는 번화가로 들어섰다. 주위를 둘러보다 이상한 점을 발견했다.

토요일인데, 상가들이 모두 문을 닫았다. 서로 격주로 쉬나 싶었는데, 거의 모든 상가들이 닫혀 있다. 외국 관광객, 특히 우리 같은 신혼부부가 많이 오는 관광도시에서 주말에 쉬다니! 우리의 상식으로는 이해가 되지 않았다. 아내와 나는 이 낯선 풍경을 지켜보며 이곳 사람들의 생각이 우리와는 많이 다르다는 것을 느꼈다. 이들에게 주말은 진정 '자기를 위한 시간'인 것이다. 우리나라처럼 말뿐인 자기 시간이 아니다. 누구나 당연하게 자기만의 시간을 보장받고 이를 누리는 것이다. 손님이 많고 돈을 많이 벌 수 있는 주말에 일하지 않고 쉬다니.

식당에서는 고풍스러운 현악 4중주가 흘러나온다. 우리는 가장 먹음직스러워 보이는 음식을 주문했다. 식사를 하며 나와 아내는 한 정치인의 캐치프레이즈를 떠올렸다. 우리가 함께 느낀 루체른의 주말과 어울렸기 때문이다. 그 캐치프레이즈는 이러했다.

저녁이 있는 삶.

「즐거운 레시피」

    매월 한 번, 요리 레시피 책자를 받는다. 평소 친하게 지내던 지인이 결혼 선물로 1년 정기 구독권을 선물해 준 덕분이다. 30페이지가 채 안 되는 얇은 책자지만 내용은 알차다. 덕분에 나와 아내는 주말에 틈이 나면 책을 보고 새로운 요리에 도전하고 있다. 레시피에 따라 끓이고, 다지고, 버무리다 보면 어느새 요리가 완성되니 신기할 따름이다. 요리 레시피에는 귀여운 표현이 많다.

    대파는 물에 깨끗하게 씻어 송송 썰어 주세요.
    오징어와 밀가루를 큰 그릇에 담아 바락바락 주물러 주세요.
    다진 고기를 꼭꼭 힘주어 한 입 크기로 만들어 주세요.

    평소라면 그냥 지나칠 수 있는 표현이지만, 요리를 하면서 우리는 '송송', '바락바락', '꼭꼭' 같은 말을 입으로 따라 한다. 재미있어 웃음이 나온다. 마치 초등학교 국어 시간에 배웠던 의성어를 생활 속에서 다시 만나는 기분이다. 와이프와 나는 한술 더 떠서 장난을

친다.

　"아침부터 배에서 꼬르륵하네. 나는 모락모락 밥을 지을 테니, 자
　기는 보글보글 찌개를 끓여 줘."

　"반찬은 오도독 깍두기랑 질겅질겅 오징어포, 바삭바삭 김에 사
　르르르 참기름도 발라 냠냠 밥 한 그릇 뚝딱 먹자."

　"후식으로 사과는 사각사각, 설거지는 자기가 뽀득뽀득?"

　귀여운 레시피 덕분에 주말마다 식사 시간이 즐겁다.

「아름다운 밤」

남한산성 정상의 방공포대에서 군 생활을 했다. 높고 험하기로 유명한 강원도의 격오지보다 겨우 5미터 정도 낮으니, 까치발을 들지 않아도 서울시와 성남시를 한눈에 확인할 수 있는 곳이었다. 머리 위로는 걸리는 것 없이 파란 하늘을 똑바로 올려다볼 수 있었고, 같은 눈높이에 떠 있는 구름도 쉽게 발견할 수 있었다. 태어나서 이렇게 높은 곳에 오랫동안 머물러 본 적이 없었다. 꼬불꼬불 산길을 차로 30분은 타고 가야 도착할 수 있는 곳. 나는 이렇게 높고, 높고, 아주 높은 곳에서 군 생활을 했다.

2박 3일의 짧은 휴가를 마치고 복귀하는 날, 남한산성에 20센티미터가 넘는 눈이 내렸다. 남한산성역에 내려 부대에 전화를 걸었다.

"휴가 복귀하려고 하는데, 군 차량은 언제쯤 내려옵니까?"

행정병은 내 전화에 놀란 눈치였다. 그리고 나에게 되물었다.

"혹시 연락 못 받으셨습니까? 오늘 폭설 때문에 차량 못 내려갑니다. 그냥 걸어오라고 하십니다."

나는 전화를 끊고, 한참을 전화 부스에 서 있었다. 오후 다섯 시 반. 눈앞에는 사정없이 눈발이 날리고 있었다. 군대라는 곳이 융통성 없는지는 일찍이 알았지만, 새삼 다시 확인하는 순간이었다. 어쩌겠는가. 나는 눈 오는 남한산성을 홀로 오르기 시작했다. 금세해가 지고 어두워졌다. 중간 로터리에 있는 식당가를 지나니, 가로등 조명조차 없는 컴컴한 산길로 들어서게 됐다. 달빛 없이는 걸을 수 없을 정도로 어두웠고, 휘날리는 눈발에 고개를 숙인 채 걷고 또 걸었다. 추위도, 눈발도 익숙해질 때쯤 고개를 들어 산길을 올려다봤다.

수북이 쌓인 눈에 달빛이 반사되어 앞길이 환하게 빛났다. 등 뒤로는 검은 나무들이 빼곡히 채워져 있었는데, 그 모습이 시간이 정지된 것처럼 고요해 보였다. 바람 소리만이 지금 시간이 흐르고 있음을 알려주었다. 귓가에 스치는 소리가 달리는 열차에서 들었던 그것과 비슷하게 느껴졌다. 하늘의 달빛, 그 빛을 온몸으로 반사해 내 앞을 비춰 주는 눈길, 그리고 달리는 바람이 내 주위에서 함께했다. 이미 온몸이 꽁꽁 얼어 감각이 없어진 건지, 아님 이 환상적인 풍경에 취한 건지, 신기하게도 춥지는 않았다.

차로 수없이 오르던 길, 심지어 며칠 전 휴가를 나갈 때도 지나왔던 그 길이지만, 전혀 새로운 길을 걷는 듯했다. 한편으로는 세상에 아무도 없고, 홀로 있는 것 같은 외로움도 느꼈다. 그러다가 고요함 속에 편안한 마음이 들기도 했다. 그렇게 한 시간을 넘게 그

길을 따라 올라갔다. 얼마나 걸었을까. 눈앞에 신기루처럼 어떤 불빛이 흔들거리기 시작했다. 멈추지 않고 계속 걸어 올라가며 그 불빛과 마주했다. 불빛이 멈췄다. 나를 발견한 차량이 멈춘 것이다.

"너 누구야? 왜 이 날씨에 걸어와!?"

퇴근 중인 부사관이었다. 나는 상황 설명을 했다. 코가 빨갛게 언 채 바들바들 떨고 있는 나를 보고 차를 돌려 부대까지 태워 준다고 했다. 부대로 가는 차 안에서, 폭설로 인해 나를 제외한 모든 휴가자들의 복귀가 하루씩 연기됐다는 어이없는 소리를 들었다. 병장이 돼서 이 날씨에 걸어 올라왔냐고, 한심하다는 소리와 함께. 행정병의 실수인지, 일부러 골탕을 먹인 건지는 모르겠다.

창문 밖을 보니 내가 걸었던 길이 눈발과 함께 터널 속으로 빨려 들 듯, 사라지고 있었다. 따뜻한 히터에 얼었던 온몸은 녹아내릴 것 같았고, 사라져 가는 길을 바라보며 금세 잠들 것 같았다. 잠들 찰나, 부대 정문에 차가 멈췄다. 눈보라를 헤치고 올라온 유일한 복귀자. 다들 위로 반, 놀림 반으로 나의 복귀를 환영해 주었다. 나는 복귀 신고 후, 씻는 둥 마는 둥 지친 몸뚱이를 내무실 방바닥에 눕혔다. 누워서도 눈길을 밟을 때의 그 뽀드득한 촉감이 발바닥에 느껴졌다. 그 간지러움과 따뜻한 온기에 취해 어느 때보다 편하게 잠들 수 있을 것 같았다.

그날 이후, 벌써 8년이 지났다. 이렇게 생생하게 그날을 기억할 수 있는 이유는 단 한 가지다. 그날 밤이 너무 아름다웠기 때문이다. '아름답다'라는 표현은 참 흔하지만, 실제로 어떤 대상에 이 말을 사용한 적은 별로 없다. 어쩌면 그날의 기억은 머릿속에서 미화되어 현재의 아름다운 모습으로 남았을 수도 있다. 어쨌든 그날 밤은 아름답다는 말 외에 달리 표현할 방법이 없다. 내가 보낸 20대의 수많은 날 중, 가장 아름다웠던 밤이었다.

「파란만장 김밥」

김밥처럼 반전의 삶을 산 음식이 또 있을까. 내가 어렸을 때 김밥은 소풍이나 운동회처럼 특별한 일이 있는 날에만 먹던 음식이었는데, 이제는 널린 게 김밥집이다. 동네 골목골목마다 한 자리씩 차지하고 있으면서도, 국민 음식이라고 하기에는 굉장히 초라한 대접을 받고 있다.

초등학교 때를 떠올려 보면, 소풍날 도시락은 예외 없이 모두 김밥이었다. 김밥이 다른 음식에 비해 특별하거나 귀한 재료로 만든 것은 아니지만, 평상시보다 야외에서 먹어야 제격인 음식이었다. 소풍 가는 날, 아침 일찍부터 어머니가 참기름과 소금을 버무린 보슬보슬한 밥에 단무지, 시금치, 햄, 맛살 등을 넣어 김에 돌돌 말 때, 나는 옆에 앉아 끄트머리를 하나씩 빼먹었다. 이때 먹은 김밥의 맛은 정말 별미였다. 소풍을 가는 버스 안에서도 가방 안에 있는 김밥 생각에 마음이 들떴다. 점심시간, 친구들이 가져온 서로 다른 스타일의 김밥을 맛보는 것도 큰 즐거움이었다. 어느 집은 시금치

대신 당근이나 연근을 넣기도 하고, 또 다른 집은 파격적으로 카레
나 치즈를 넣기도 했다. 다들 머릿속에 '소풍=김밥'이란 공식이 있
었던 것이 분명했다.

  언제부터인가 김밥은 메인 음식에서 초라한 조연으로 전락했다.
소풍을 갈 때조차 패스트푸드에게 제자리를 내줬고, 호텔 뷔페나
예식장 피로연장에서도 구석에 박혀 어느 누구의 시선도 받지 못
하는 처지가 됐다.

  그러다 각종 프랜차이즈 김밥집이 생겨나면서 김밥은 예전 모습
에서 벗어나 서서히 진화하기 시작했다. 뭐 진화까지는 좋으나, 가
격 또한 격변하여 이제는 마음 편히 먹을 수 있는 수준을 넘어섰
다. 김밥 한 줄에 3,000원은 기본이고, 안에 들어간 재료에 따라 가
격은 더욱 치솟는다. 오징어 먹물이 들어가고, 해산물까지 마구 넣
어 빵빵해진 김밥은 이미 예전의 모습이 아니다.

  도대체 김밥이 언제부터 이렇게 변해 버렸는지… 직장 동료들과
찾은 분식점에 걸린 김밥 사진을 보며 혼자 생각한다. 참치김밥,
치즈김밥, 돈가스김밥까지 종류별로 시킨 김밥을 차례로 맛보았다.
이거 참 파란만장한 맛이다.

「여름 수박」

무더웠던 8월의 어느 날 어머니께서 수박을 사 오라는 심부름을 시키셨다. 문을 열고 밖으로 나가니 따가운 땡볕이 내리쬐고, 매미 소리는 확성기라도 단 듯, 아파트 단지 내에 시끄럽게 울려 퍼지고 있었다. 머리끝이 햇볕에 데워져 아찔했고, 땀이 목덜미를 타고 흘러 내렸다. 정말 지독하게 더운 날씨다. 지하철 한 정거장 거리를 걸어 마트에 도착했을 땐, 이미 땀으로 티셔츠가 젖어 있었다. 사람들로 북적이는 마트에서 1+1 행사 중인 수박을 발견했다. 가장 크고 튼실한 녀석으로 두 개 골라 사고 단숨에 밖으로 나왔다.

매미 소리는 더 격렬해져 있었다. 매미 소리의 데시벨에 따라 온도도 함께 오르는 듯했다. 지열에 신기루처럼 일렁이는 도로가 눈에 들어오니 숨이 턱 막혔다. 그제서야 집에 돌아가는 길이 걱정되었다. 양손에 든 수박은 생각보다 더 묵직했다. 택시를 탈 것인가, 걸어갈 것인가 잠시 고민해 본다. 하지만 결국 '한 정거장쯤이야'라는 생각에 걷기로 했다. 호기롭게 걷기 시작했지만, 농구공보다 더 큰 수박을 양손에 들고 걸으니 온몸에 땀이 흐르고, 팔과 다리는 부들거리며, 얼굴은 일그러지기 시작했다.

그렇다. 이쯤 되면, 중간에라도 택시를 타고 가는 것이 현명하다. 하지만 무슨 고집인지, 택시 타기를 거부한 채 아무도 알아주지 않을 나와의 싸움을 계속했다. 나무 밑에서 잠시 쉬었다가 다시 걷고, 횡단보도 앞에서 다시 쉬었다가 또 걸었다. 저 멀리 집이 보이기 시작했다. 한 걸음, 한 걸음 힘을 내 걸었다. 내가 왜 이렇게 힘들게 수박을 샀어야 했는지 생각해 본다. 사실 이 상황에서 의미 따위는 무의미하다. 그저 그냥 걸어갈 뿐.

집에 도착했다. 마치 사우나를 한 것처럼 온몸은 땀으로 범벅이 되었다. 속옷까지 흠뻑 젖어 버렸다. 내심 고생한 내 모습을 본 어머니의 시원한 칭찬 한마디를 기대했다. 그 정도면 그럭저럭 위안이 될 것 같아, 힘든 티를 내며 어머니께 수박을 보여드렸다. 내 꼴을 본 어머니는 한마디 하셨다.

"이 미련아! 이 날씨에 이걸 다 들고 걸어와?! 네가 빨래 해!"

자기와의 싸움에서 이긴 승자에게 너무 박한 대우였다. 샤워를 하고, 냉장고의 수박이 차가워질 때까지 선풍기 앞에서 기다려 본다.

어쨌든 난 무사히 해냈고, 곧 시원한 수박을 먹을 것이다.

"혼자 다 먹을 테다."

또 쓸데없는 오기가 발동했다.

「세트 메뉴」

중국집에 들어서자마자 고민은 시작됐다. 입구에서부터 짜장과 짬뽕 향이 서로 경쟁하듯 내 코로 돌진해 왔기 때문이다. 곁눈으로 옆 테이블의 짜장면과 탕수육을 보고 결심했다. 친구와 사이좋게 난 짜장, 너는 짬뽕, 그리고 탕수육을 추가하는 아주 정석적인 세트 메뉴로. 점심시간이 지난 식당 안은 한산했고 음식은 금방 나왔다. 나와 친구는 수다를 떨며 여유롭게 식사했다. 그때 흙과 기름때로 얼룩진 옷을 입은 아저씨가 들어왔다. 막노동을 하는 사람인 것 같았다. 먼지 가득한 면장갑과 군화처럼 둔탁한 신발에 묻은 시멘트 자국이 말해 주고 있었다. 그는 이 식당에 자주 오는지, 능숙하면서 자연스럽게 주문했다.

"짜장면이랑 소주 한 병이오."

살면서 한 번도 생각해 보지 못한 메뉴 구성이다. 짬뽕에 소주는 이해하겠는데, 짜장면에 소주라니…. 우린 자연스럽게 그를 주목했다. 과연 어떻게 먹을 생각일까. 그는 우리를 비웃기라도 하듯 유리잔에 소주의 반을 부었다. 단숨에 원샷! 그리고는 때마침 나온 짜장면을 곧바로 흡입했다. 짜장 소스까지 싹싹 비우고, 남은 소주를 잔에 따라 다시 원샷! 순식간에 소주와 짜장면이 사라졌다. 먼저 먹고 있던 우리가 머쓱해질 정도였다. 그는 소화를 시킬 생각조차 없는지 바로 일어나 서둘러 계산하고 나갔다. 친구와 나는 어이가 없다는 듯 마주 보며 웃었다. 이 기인을 인증샷으로 남기지 못한 것이 아쉬웠다.

그가 남기고 간 빈 소주병과 짜장면 그릇이 놓인 테이블을 보니 마음이 짠하고 씁쓸해졌다. 한두 번 먹어 본 솜씨가 아니었다. 배를 채우기 위해 가장 간단하고 저렴한 짜장면을 주문하고, 취하지 않고서는 오후 일과를 버틸 자신이 없어 소주를 추가했겠지. 그렇게 스스로 만든 메뉴 구성이란 생각이 들었다. 느긋하게 한 끼 식사를 논하는 것 자체가 사치고, 그저 오늘 하루를 무사히 버텨 일당을 버는 것이 그의 바람이라고 멋대로 생각했다. 이 오지랖이 그저 망상으로 끝났으면 좋겠지만, 현실과 크게 다르지 않을 거란 생각에 우리 입가에도 웃음기가 사라졌다.

이 세트 구성은 비록 메뉴판에 없지만, 그에게는 '빅맥'이나 '와퍼' 세트처럼 익숙할 대로 익숙해져 버린 메뉴일 것이다. 앞으로 얼마나 더 저 메뉴를 주문해야 할까. 허겁지겁 소주를 들이켜는 그 모습이 생각났다.

「할머니 국수집」

　멀리 뉴욕의 타임스퀘어는 아니지만, 지하철 40분이면 갈 수 있는 타임스퀘어가 있다. 아내와 연애 시절 자주 가던 영등포의 그곳. 층마다 수많은 매장이 있고 늘 사람들이 붐비는 곳이지만, 우린 능숙하게 원하는 목적지를 찾을 수 있다. 최단 거리로 매장에 들러 물건을 사고, 늘 가던 식당가로 향한다. 추운 겨울에도, 비가 올 때도 밖에 나갈 필요가 없는 타임스퀘어. 추위에 약한 우리 커플에게는 최적의 데이트 장소였다.

　결혼 후 10개월, 정말 오랜 만에 그곳을 찾았다. 여유 있게 타임스퀘어와 바로 옆 백화점을 오가며 겨울옷을 사고, 커피도 한잔하며 간만에 쇼핑을 즐겼다. 두 시간 가까이 이어진 쇼핑에 지친 우리는, 불현듯 늘 가던 국수집이 떠올랐다. 비빔국수가 예술이던 할머니 국수집! 우린 곧장 국수집으로 향했다. 식당 앞에 다다랐을 때쯤, 나와 아내는 말없이 한참을 서로 바라봤다. 이럴 수가. 할머니 국수집뿐 아니라, 식당가가 죄다 리모델링되었다. 기존 식당들이다 사라지고 새로운 식당들로 바뀌어 있었다. 새콤 달콤 비빔국수를 생각하며 7층을 내려왔는데….

연애 시절 추억의 장소가 없어졌다는 상실감에 허탈하고 속상했다. 그 사이, 우리의 시선에 들어온 음식점이 한 곳 있었으니… 이런, 북촌 손만두가 아닌가. 먹으려면 종로나 명동까지 가야 했던 만두집이 눈앞에 있었다. 튀김 만두가 예술인 그 집! 아까의 상실감은 다 어디로 간 걸까. 기대감과 격한 식욕으로 만두집에 들어갔고, 냉면과 튀김 만두 세트를 시켜 순식간에 해치워 버렸다.

할머니 국수집이 사라지고, 북촌 만두집이 생겼다. 연애 시절 추억의 장소는 더 이상 없지만, 새로운 추억이 시작되었다.

지나간 것은 지나간 대로,
새로운 것은 새로운 대로 다 의미가 있다.

「치킨찬가」

일찍이 치킨을 좋아하는 사람치고, 악한 사람을 보지 못했다. 세상의 풍파 속에서도 치킨 한 조각 입에 물면 언제 그랬냐는 듯 마음에는 평화가 찾아오고, 헛된 욕심 따위는 저기 뼈다귀 옆에 내려놓게 된다. 그 겸손한 몸값에서 흘러나오는 고소한 육즙은 동급 최강의 맛을 자랑하니, 어찌 좋아하지 않을 수 있겠는가. 거기에 양 날개와 양 다리를 가지런히 모은 단아함이며, 일만오천 원 정도면 족히 두 명의 식사를 해결해 주는 넉넉함까지 갖췄으니, 이런 치킨을 좋아하는 사람치고 악한 사람이 있을 리가 없다.

또 치킨의 종류만 해도 약 스물 하고도 다섯 종이 족히 넘으니 남녀노소, 동서양을 막론하고 만인의 입맛을 사로잡는 이런 음식이 또 어디 있겠는가. 예부터 닭은 버릴 것이 없는 동물로 그 신기방기한 능력을 천하에 떨쳐왔노라. 각종 약재와 함께 삶은 삼계탕은 여름철 우리 아버지들의 워너비로 자리 잡았고, 미용에 좋다는 닭발은 온 동네 처자들이 훑고 뱉은 것이 쌓여 저 산을 이루었단 전설이 있으니, 제 살과 뼈로 세상에 축복을 주는 닭이야말로 진정한 영물이 아니겠는가.

　내 비록 '일인(人) 일닭'과 '일일(日) 일닭'을 모토로 삼십 평생을 살아왔지만 아직도 못 먹어 본 전국 팔도 맛집이 수두룩하고, 나날이 새로운 메뉴들이 등장하는 시국에, 언제부턴가 시류에 뒤쳐져 먹던 치킨에만 집착을 하고 있으니, 이만큼 안타까운 일이 있겠는가. 내 살아갈 날이 아직도 오십 년은 족히 될 것이니, 죽기 전까지 전국을 유랑하며 구석구석 숨어 있는 맛집을 찾아 후대에 남길 뜻이 있다. 이 대업을 이루기 위해 오늘도 불철주야 쿠폰을 모으리라.

　전생에 무슨 인연이 있어 이렇게 닭을 사모하게 되었는지 내 모르지만, 다시 태어난다면 친히 닭을 가까이에서 보살필 수 있는 양계장집 첫째 아들로 태어나리라. 혹, 이 찬가를 보며 당신이 한 번의 끄덕임이라도 있었다면, 당신 또한 예사롭지 않은 기질을 타고 났으니, 가까운 시일에 우리 만나 치맥을 즐기며 담소를 나누는 것이 어떠하리오.

4

회사원 라이프

「돈의 색」

돈을 많이 벌고 싶다는 생각은 오래전부터 했다. 돈이 인생에 전부가 아니라는 말은 수없이 들었지만, 돈이 많으면 살기 편한 것도 사실이다. 굳이 인생 힘들게 살 필요 없으니, 가능하다면 많이, 가능하다면 빨리 돈을 벌겠다 꿈꾸며 대학 시절을 보냈다. 하지만 이런 생각을 누군가에게 말할 때는 다른 단어로 바꿔 말하곤 했다. 좀 더 가치가 있어 보이는 것들로 말이다.

라이프, 가족, 명예, 재능, 도전 등

누가 들어도 좋은 가치들로 돈의 자리를 대신하고, 돈에 대한 남다른 애정을 감추려 했다. 하지만 사회생활을 하면서 돈에 대한 감정에 조금 더 솔직해졌다. 내가 부당한 방법으로 돈을 벌겠다는 것도 아니고, 우선순위에서 돈을 상위에 두겠다는데, 어느 누가 나에게 욕을 하겠는가. 이때부터 나는 돈을 많이 주는 회사를 알아보고, 돈을 많이 벌 수 있는 분야의 일을 찾기 시작했다.

아이러니하게도 나의 첫 직장은 그런 욕구를 전혀 충족시켜 주지 못한 곳이었다. 결혼 생활과 육아를 감당하기에는 턱없이 부족한 연봉이었다. 입사 초반부터 주변 선배들은 이렇게 말하곤 했다. 적어도 남자들에게는 거쳐 가는 회사일 뿐이라고. 오래 다니기는 어렵다고. 동감했기 때문에 나도 고개를 끄덕였다. 이런 생각이 머리에 맴도니, 업무가 제대로 될 리 없었다. 함께 일하던 남자 동료가 하나둘 퇴사할 때마다 마음은 더 불안해졌다. 모든 것이 부족한 연봉 때문인 것 같았다. 충분한 보상이 없어서 불행하다는 생각이 지속되자, 정말 불행해지기 시작했다. 보람차다고 느낀 일조차 무의미하게 다가오고, 계속 다른 회사에 기웃거리게 되었다. 어디는 연봉이 얼마더라, 저쪽은 보너스를 얼마 준다더라… 점점 내가 이 회사에 남을 이유가 사라졌다. 나는 언제라도 박차고 나올 기세로 회사 동료들과 의도적으로 거리를 뒀다. 식사도 혼자 해결하겠다며 점심시간에는 커피숍에서 적당히 시간을 때웠다. 누가 봐도 부적응자였다. 이런 내 모습을 험담하는 사람들은 있었지만, 나의 불만이나 힘든 점을 물어보는 사람은 없었다. 그런 사람을 기다리지는 않았지만, 그래도 한 명쯤은 이 답답함에 귀 기울여 주길 원했다. 마음이 정리가 될 때쯤, 드디어 한 사람이 내게 와서 말을 걸었다. 회사 대표였다.

"일은 재미있어요?"

"아… 네, 적응하고 있습니다."

페스티벌에서 판매할 상품을 상자에 포장하고 있던 나의 일을 거들며 나에게 다시 질문을 하셨다.

"나중에 회사를 그만두면 무슨 일을 하고 싶어요?"

"웹툰 작가가 되고 싶어요."

대표는 내 대답이 의외라는 듯, 나를 한 번 바라보며 웃으셨다. 갑자기 왜 그런 대답이 나왔는지 모르겠다. 고등학교 때 이후로, 만화가가 되기로 진지하게 고민한 적이 단 한 번도 없었는데. 아마도 여전히 내 마음속에 그 꿈은 존재하고 있었나 보다.

대표는 본인의 대학 시절 꿈과 현재 회사를 만들게 된 배경, 그리고 성공에 대한 자신의 집착을 이야기해 주셨다. 그리고 돈에 대해 이렇게 말씀하셨다.

"돈에는 색이 있어요. 우리가 흔히 '검은돈'은 나쁘다고 하잖아요. 나는 돈마다 색이 있다고 믿어요. 내가 지금 회사를 운영하면서 버는 돈의 색, 그리고 주식으로 버는 돈이나 남편이 버는 돈의 색들은 저마다 다 달라요. 나는 좋아하는 돈의 색이 있어서 지금 이 일을 하고 있는 거예요. 원하지 않는 색의 돈을 벌고 있다고 느낀다면 나도 다른 일을 찾겠죠. 형동 씨 나이면 돈의 색에 대해서 한 번쯤 고민해도 좋을 것 같아요."

대표와의 대화에서 나는 주로 듣는 쪽이었지만, 입사 이래 가장 대화다운 대화를 나눴던 것 같다. 그 대화의 상대가 대표라는 것이 신기했다. 만약 대표의 말대로 돈에 색이 있다면, 그동안 나는 내가 가지고 있는 것이 12색 물감인지, 45색 물감인지에만 집착할 뿐 그 안에 어떤 색이 담겨 있는지 보지 않았던 것이다. 단순히 양이 적다고만 불평했다.

그날 이후, 내 마음가짐이 드라마틱하게 달라지진 않았다. 여전히 낮은 연봉과 잦은 야근이 불만이었다. 곧 그만둘 기세였지만 나는 3년 동안 큰 문제없이 회사에 다녔다. 결혼도 하고, 쇼핑몰에서 일한 경력을 살려 책도 출간했다. 분명 그때의 말이 나에게 영향을 미친 것이다.

이후에도 대표는 가끔 인상적인 이야기를 내게 건네곤 하셨다. 회사 안팎으로 힘든 시기를 보낼 때에는 이런 말씀도 하셨다.

"어느 날, 퇴근하고 샤워를 하는데 샤워기에서 떨어지는 물줄기가 내 머리를 때리는 거야. 그 물줄기의 무게가 어찌나 무겁던지, 난 고개 한 번 들지 못하고 한참 동안 있는 그대로 맞고 있었어. 그때 물줄기가 어찌나 무겁게 느껴졌던지."

「강한 사람」

어렸을 때, 나도 또래 남자아이들처럼 '강함'에 대한 동경이 있었다. 만화 속 히어로들이 초인적인 힘을 발휘하는 것을 보며, 혹시 나에게도 숨겨진 초능력이 있지 않겠냐는 기대도 했다. 손에 기를 모으면 장풍이 나가길 바라며 손이 저릴 정도로 힘을 줘 보기도 했고, 멀리 날 수 있을 것 같아 담벼락에서 뛰어내려 발목이 삔 적도 한두 번이 아니었다. 서른 살이 훌쩍 넘었지만 아직 그 초능력을 발견하지 못했으니, 나는 그저 평범한 지구인일 뿐인가 보다.

턱 밑에 수염이 날 시기, 이런 고민을 한 적이 있다. 어떤 사람이 강한 사람일까. 어린 나이에 봐도 주변에는 허세만 가득하고 시시한 어른들뿐이었다. 나이 많고 목소리 큰 어른일수록 겁이 많고, 나약했다. 일이 잘못되면 항상 남 핑계를 대는 그 꼬락서니가 보기 싫었다. 내가 수긍할 정도의 강인한 사람을 만나 보고 싶었고, 그런 사람을 계속 찾았던 것 같다. '강함'에 대한 나만의 정의도 함께 변해 갔고, 자연스레 그런 사람이 되고 싶었다. 눈을 씻고 찾을 땐 보이지 않는 강한 사람은 의외로 쉽게 발견할 수 있다. 너무 평범해서 알아보기 힘들 뿐이다.

　가벼운 술자리에서도 중요한 의사 결정을 내려야 하는 회의에서
도, 말을 하는 사람과 듣는 사람이 있다. 자신의 말이 얼마나 가치
있는지 상대을 설득하기 위해 필사적인 사람도 있다. 달콤한 소리
는 듣기 좋고 싫은 소리는 질색이다. 어떤 사람은 호응하기 바쁘고,
또 다른 사람은 비판하기 여념이 없다. 대화 자리는 자신의 말을 총
알 삼아 상대의 머리에 명중(관철)시키기 위한 '전쟁터'가 되고, 뽐내
기 바쁜 '학예회 무대'가 되고 만다. 이럴 때 강한 사람이 등장한다.

　총알이 오가는 와중에서도 그동안 묵묵히 듣고 있던 사람. 남들
보다 말을 아끼는 사람. 단순히 말주변이나 의견이 없는 것이 아니
라, 충분히 남의 말을 듣고, 머릿속에서 자신의 말을 몇 번씩 정제
한 사람이다. 그러다 던지는 말 한마디에는 무게가 실린다. 사람들
은 이런 사람의 무게감에 눈빛과 마음이 흔들린다. 물론 이렇게 신
중하게 말을 해도 늘 반박하는 무리는 있다. 그런데 이렇게 말을 아
끼는 사람은 쉽게 화를 내지 않는다. 자신의 화를 조절하고, 상대
방의 의견을 존중한다. 결국 총대를 들이댄 사람이 머쓱해서 스스
로 총구를 내리게 된다. 강대강(强對强)으로 부딪히는 상황에서 한
숨을 내쉬고, 우회해서 갈 줄 아는 것. 그것은 나약한 것이 아니라,
용기 있는 것이다. 이런 사람은 조용하지만 조직에서 확실한 자기
존재감을 보여 주며, 부드럽고 강한 자신만의 아우라를 가지고 있
다. 이런 성향의 사람들은 대체로 고집이 세다. 이 고집은 보통 평

소에 자신이 생각하던 가치관을 바탕으로 두고 있으므로 감정적이지 않고 흔들림이 없다. 남들의 시선 때문에 쉽게 굽히거나 타협하지 않으며, 본인이 옳다고 판단하면 우직하게 그 일을 해낸다. 마치 대단한 위인 같지만, 실제로 이런 사람은 우리 주위에 많다. 목소리 크고 말 많은 사람들에게 현혹되어 제대로 발견하기 힘들 뿐.

다행히 강한 사람은 내 주위에도 있었고, 그를 통해 사람이 멋있을 수 있다는 것을 처음 느꼈다. 같은 인간에게서 느낄 수 있는 매우 특별한 감정이었다. 존경과 동경, 놀라움이 미묘하게 섞여 있었다. 지금 눈앞에 있는 사람의 강인함을 알아볼 수 있게 되었으니, 나에게도 그 멋과 강인함이 조금이나마 묻어나길 바란다.

「남자 1호와 여자 1호」

　회사에서의 인간관계는 매우 제한적이었다. 붙임성 있는 성격도 아니고, 여러 사람과 두루 친해지기보다, 소수 몇 사람과만 깊이 지내는 것이 더 편하고, 그것으로 충분하다고 생각했다. 여자가 많은 조직이다 보니 직장 동료는 그냥 업무 관계로만 대하는 것이 바람직하다 여겨, 업무 외적으로 사람들과 가까워지기 위해 노력하지 않았다. 그 생각은 여전히 유효하다. 회사 생활을 하면서 쓸데없이 감정을 소모하거나 트러블이 생기는 것은 생각만 해도 너무 피곤하다.

　이런 인간관계에는 한 가지 단점이 있다. 회사 생활이 재미없고 무미건조하다는 것이다. 어제, 오늘, 내일이 큰 차이 없이, 회사는 그저 일만 하는 곳이 된다. 3년이 넘어가니 슬슬 이런 생활에 염증이 생겼다. 아무에게도 말 못하고 혼자 지쳐갈 때쯤, 오아시스와 같은 사람들을 만났다. 나처럼 회사에서는 튀지 않는, 주류에서 벗어나 있는 사람들. 하지만 따로 모이면 숨겨 왔던 엄청난 에너지를 뿜으며 누구보다 말이 많아지는 사람들이다. 그들의 프라이버시를 위해, 남자 1호과 여자1호로 칭하겠다.

남자 1호는 무한 긍정이 매력적인 한 살 많은 형이다. 입사한 후 나와 서로의 점심을 책임져 주는 든든한 식구가 되었고, 그나마 마음놓고 대화할 수 있는 거의 유일한 사람이다. 형은 늘 꿈이 많았다. 한없이 철없어 보이다가도, 나를 움찔하게 만드는 한 방을 던지곤 했다. 단점과 장점이 명확한 사람이지만 그 자체가 어색하지 않은, 때묻지 않은 사람이라 좋다. 여자 1호는 함께 일한 2년 동안 겨우 인사만 나누던 사이였다. 나처럼 그녀도 회사에서 말수가 적었다. 물론 친한 사람들과 있을 때는 달랐지만, 대체적으로 조용한 타입이었다.

남자 1호와 여자 1호의 관계 역시, 나와 여자 1호 관계와 크게 다르지 않았다. 그러니 우리 셋이 친해지는 그림은 상상하기 힘들었다. 그러던 어느 날, 우연히 우리 셋은 회식 자리에서 서로의 본성을 발견했다. 당시 회사의 주류라고 할 수 있던 여고생 문화에 공감할 수 없었고, 이것저것 사소한 것들을 배려하는 데 급급하기보다, 적당히 툭툭 내뱉는 태도가 오히려 편하게 느껴졌다. 그동안 알고 지낸 시간이 무색할 정도로 우리 셋은 급속히 가까워졌다. 회식 자리에서 조용히 탈출해 따로 자리를 가졌다. 서로의 존재를 반가워하며 2년 치 수다를 떨었다. 남몰래 자기 사업을 구상하고 있는 남자 1호, 예전에 작사가로 활동했던 여자 1호. 만화가를 꿈꾸고 있는 나. 서로의 의외의 모습에 놀라고, 서로의 이야기를 듣다 보니 자리는 새벽까지 이어졌다.

이 비주류의 트리오가 쉽게 깨지지 않을 거란 확신이 들었다. 자주 보지 못하더라도 서로 반가운 사람이 되었으면 좋겠다는 생각을 했다. 남자 1호가 결혼하고, 나도 결혼했다. 그리고 곧 여자 1호도 결혼을 한다. 이제 우리 트리오의 대화 소재는 새로운 국면을 맞이하고 있다.

「좋은 사람」

늘 '좋은 사람이 되고 싶다'고 생각하면서 어제도 오늘도, 누군가의 험담을 했다. 정확히 말하면 험담에 동조하고 동참했다. 어쩌면 나 또한 누군가의 뒷담화 소재가 될 수 있을 것이다. 그것을 걱정하는 것은 아니지만, 가능하다면 나는 나를 만나는 사람들에게 좋은 사람이고 싶다.

좋은 사람이 어떤 사람인지 정의하기 어려워도, 내 기억 속에는 꽤 많은 '좋은 사람'이 존재한다. 그중에는 더 이상 만나지 않는 사람도 있지만, 머릿속에는 여전히 남아 좋은 영감을 준다. 또한 나도 누군가에게 좋은 사람이 될 수 있다는 희망을 가지게 해 주고, 그 방법을 찾을 수 있도록 힌트를 준다.

외근에서 돌아오는 길에 팀장님으로부터 이런 말을 들었다.

"주위에서 욕을 먹어야 성공해. 좋은 사람 소리 들으면 경쟁력이
없는 거야."

누구를 생각하며 한 말씀인지 알고 있고, 어떤 의미인지도 대충

이해했지만 그 말이 참 씁쓸하게 느껴졌다. 마치 공존할 수 없으니, 한 가지를 선택해야 한다는 말로 들렸다. 나도 예외가 아닐 것이다. 남자는 생물학적 나이보다 사회적 나이를 더 빠르게 먹기 때문에, 나도 언젠가 선택해야 할지 모른다. 아니, 이미 선택할 시기가 지났을 수도 있다.

다행인지 불행인지, 아직 난 좋은 사람으로 기억되고 싶다. 여기 저기서 욕 많이 먹으며 오래 살고 싶은 생각도 없고, 가십거리로 사람들의 입에 오르내리다 잊히는 것도 싫다. 어떤 누군가는 나를 좋은 기억으로 담아 주었으면 좋겠다. 그렇게 되기 위해 좀 더 노력할 것이다. 성공하는 것보다 좋은 사람이 되는 것이 나에겐 더 의미가 있다.

나는 아직 좋은 사람이 되고 싶다.

「울림통」

　회의실 안. 모두가 한 사람에게 주목하고 있다.

　아무도 울지 않는데, 혼자 울고 있는 사람. 다들 신기한 듯 그 한 사람을 보며 실소한다. 어이없다며 비아냥대기도 한다. 나는 의외의 타이밍에 눈물 흘리는 그를 보면서, 머릿속에 많은 물음표가 생겼다. 그가 우는 것을 한두 번 본 것은 아니다. 매번 정말 의외의 포인트에서 울어 버리니, 그때마다 신기할 따름이다.

　시간을 거슬러, 그가 울기 직전 상황으로 돌아가 본다. 새해를 앞두고 팀장님이 격려 차, 새해 각오를 말하는 자리였다. 힘들어도 우리가 소중하다고 느끼는 것들을 잊지 말고, 서로 의지하며 버티자는 것이 주된 내용이었다. 미국 야구 일화를 섞어 말씀하셨지만 돌이켜 봐도, 눈물을 쏟을 만한 포인트는 없었다. 그럼에도 주룩주룩 눈물을 흘리는 그를 보면서 생각했다.

　'분명 무언가가 그의 아프고 약한 부분을 건드렸을 것이다.'

　그의 삶 속 어떤 사건과 인물이, 이렇게 평범한 말들조차 가시로 만들어 울림통을 찌른 것이다. 저마다 살아온 삶이 다르듯, 서로 다른 종류와 크기의 울림통이 있을 것이다. 어떤 말과 상황에 반응하는지, 누군가에 의해 작동하는지 다를 뿐, 모두 저마다의 울림통이 있다.

　회의가 진행되는 동안 훌쩍거리며 눈물을 닦는 모습에 다시 눈이 간다. 여전히 많은 물음표가 남아 있지만(솔직히 이해는 안 간다), 물어보지도 멋대로 추측하지도 않으려 한다. 그 사람처럼 나도 위태롭고, 불안한 울림통을 한아름 안고 살아가기 때문이다. 매일매일 차오르는 눈물을 가득 담고 있는 울림통. 곧 터질 것처럼 팽팽하게 부풀어 오른 울림통이 우리 모두에게 있다.

　방심하는 순간, 터진다.

「양복 신사」

"이제는 양복을 입을 일이 별로 없다."

혼자 짐을 싸면서 읊조린 아버지의 말에 잠깐 멈칫했다. 30년 공무원 생활을 하신 아버지. 아버지는 출근할 때 항상 양복을 입으셨다. 비가 와도, 눈이 와도, 폭염 속에서도 늘 양복을 입으셨다. 주말 경조사를 챙길 때도 양복을 입으니 아버지는 365일 대부분을 양복과 함께했던 것이다.

어렸을 때 양복을 입은 아버지를 보며, 사람은 저마다 자기 옷이 있다고 생각했다. 아버지가 다른 옷을 입는 것은 상상하기 어려웠다. 단 한 번도 아버지가 청바지를 입은 모습을 본 적이 없다. 그런 아버지께서 얼마 전 정년퇴임을 하셨다.

아버지는 흐트러짐 없이 항상 단정한 모습으로, 뒤탈 없는 대인 관계를 유지하며 살아오셨다. 결코 무리를 하는 법이 없으며, 도박 등의 비도덕적인 행동을 하지 않으셨다. 자신에게만큼은 늘 엄격한 잣대를 대며, 잠깐의 휴식도 불안해하셨다.

30년의 세월과 아버지의 인생은 '양복'과 닮아 있다. 이제 너무나 많은 시간 앞에 혼자 던져진 아버지는 앞으로 무엇을 할지, 무엇을 하면서 하루를 버틸지 고민하신다. 어느 때보다 편한 모습으로 텔레비전을 보고 있는 아버지.

　　우리 아버지에게서 누가 양복을 빼앗아 갔나.

「잡초 사원」

우리 팀에 신입 사원 네 명이 들어왔다. 내가 입사한 이래, 가장 많은 신입 사원이 한 번에 들어온 것이다. 동기가 많으면 서로 의지할 수 있다는 면에서 좋기도 하지만, 자연스레 서로 비교 대상이 된다. 이 네 명의 신입 사원도 앞으로 그 과정을 견뎌 내야 한다. 시기의 문제일 뿐, 비교가 되는 순간은 누구에게나 반드시 찾아온다. 회사에서는 누구도 친절하게 정답을 이야기해 주지 않는다. 애초에 정답이 존재하지도 않는다. 미리 알고 적당히 준비한다 해도 그다지 좋은 대응이 아닐 때가 많다. 노련한 선임들 앞에서 신입 사원들은 입사 초반 늘 시험대에 오른다.

신입 사원들 중, 두 명이 먼저 사람들 입에 오르내린다. 아이디어가 좋다, 적극적이다, 긍정적이고 유연하다는 말이 들린다. 그 친구들도 자신들의 평가를 알고 있는지 더욱 기세등등하다. 목소리에 자신감이 가득 차고, 먼저 와 인사를 건네며 자신들이 이미 조직 내에 안착했음을 확신한다. 선순환이다.

그 뒤에, 남은 두 명이 있다. 상대적으로 박한 평가를 받고 있는

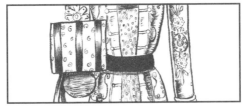

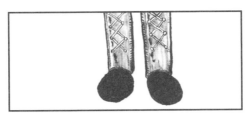

그들은 기세에 눌려 의기소침하다. 내색은 안 하지만, 실수를 연발하고 있다. 그런 모습에 여론은 더욱 안 좋아진다. 센스가 부족하고, 잔 실수가 많다는 평가가 이어진다. 그들도 그런 이야기를 건너 들었을 것이다. 좀처럼 기를 펴지 못한다. 악순환이다.

신입 사원일수록, 누군가 던진 말 한마디에 적지 않은 타격을 입는다. 자신이 어떤 사람인지 제대로 알릴 기회조차 갖지 못한 채, 잡초 취급을 받으며 여기저기서 뜯기고 있다. 사람들은 주변에서 들은 몇 마디에 대화 한 번 나눠 본 적 없는 이 잡초들이 무능하다고 동조한다. 사실 잡초는 마구 뜯어도 뭐라 할 사람이 없다. 그래야 땅이 강해진다는 이유로 잡초는 매일 뜯긴다.

두 무리를 보면서 특별히 어느 한쪽에 동정심이 들진 않는다. 나 역시도 비슷한 시간을 보냈고, 지금도 그저 좀 더 여문 잡초에 불과하기에 그럴 여유 따윈 없다. 하지만 지켜보면서, 씁쓸한 생각을 지울 수 없었다. 형체도 감정도 없는 누군가가 만든 낫으로 이리저리 베고 다니다 보면, 어느새 잘 정돈된 정원에 나 홀로 잡초가 되어 빠끔히 고개를 내밀고 있을 것이다. 그때는 내가 베일 차례다.

네 명 중 결국 한 명이 낙오자가 되어 석 달 만에 회사를 나갔다. 그가 제대로 일을 해내지 못한 탓도 있다. 하지만 만인에게 이미 잡초가 되어 너덜너덜해진 상황에서 제대로 일을 할 수 있는 사람도 없을 것이다. 어쨌든 세 명이 남았다. 남은 세 명은 스스로 잘 버텼다고 생각하겠지만, 잡초 덕분에 잠시 빛났을 뿐이다. 이제 더 많은 무리들과 경쟁을 할 것이다. 자신이 잡초가 아니라는 것을 또다시 증명해야 한다.

신입 사원이 아니라 잡초 사원이라 부르는 것이 맞다.

「루돌프 코」

피곤하거나 무리하면 입술이 부르튼다. 감기를 앓거나 맘고생을 해도 입술은 신호를 보낸다.

"좀 쉬는 게 어때? 여기서 더 무리하면 분명 탈날 걸?"

"맘 편히 가져. 고민한다고 달라지는 건 없으니까."

그런데 언제부터였을까. 입술이 아닌, 코끝이 부르트기 시작했다. 땡땡해지고 이내 빨갛게 부어오른다. 그것도 아주 크게. 손을 댈수록 더욱 커진다. 심지어 아프다. 이런 날에 거울을 보면 아주 볼 만하다. 딱 루돌프 같다.

지난밤, 코끝이 시큰시큰 얼얼했다. 불안한 마음으로 잠들었는데… 맙소사! 아침에 눈을 떠 보니 코끝에 빨갛게 열꽃이 피어 있다. 오늘은 외부 미팅도 있는데, 정말 큰일이다. 정장을 차려입고 머리에 왁스를 바른다. 평소보다 머리도 좀 더 공들여 드라이한다. 하지만 빨간 코가 모든 걸 망친다. 굴욕이다, 굴욕. 준비를 마치고 거울 속 나를 본다. 역시 루돌프 같다. 아내의 토닥거림에 힘을 내 출근해 보지만 여전히 신경이 쓰인다.

아나나 다를까. 사람들은 웃음으로 나를 맞이한다. 동정은 필요 없으니 마음껏 웃어라! 내가 봐도 웃긴데, 남들은 오죽할까. 포토샵 잘하는 동료가 사진을 보내온다. 내 얼굴에 루돌프를 합성해서. 달려가서 옆구리를 가격하고 내 자리로 돌아온다. 이건 시작에 불과하다. 업체 미팅 때도 요놈의 코 덕분에 더없이 유쾌한 대화가 이어진다. 팀장님도 웃으며 말씀하신다. 오늘은 야근 말고 바로 퇴근하라고.

오후 6시, 나는 간단히 목례한 후 사무실을 나온다. 세차게 부는 겨울바람에 코끝이 다시 얼얼하다. 어쩐지 내일은 더 부을 것 같다. 이럴 땐 기본 일주일은 간다. 버텨야 한다.

오늘 하루가 유난히 길다.

「괜찮습니다」

"야근이요? 아, 네. 괜찮습니다."

저녁에 별일 없으면 야간 근무를 하라는 지시에 나는 방금 또 거짓말을 했다. 거짓말하는 것은 나쁘다고 배웠는데, 또 거짓말을 해버렸다. 저녁에 약속 같은 건 없었지만, 사실 오늘은 집에 일찍 들어가서 쉬고 싶었다. 하지만 난 그렇게 말하지 못했다.

이 거짓말은 우리가 흔히 말하는 '거짓말'과 성질이 좀 다르다. 그래도 큰 틀에서 본다면 거짓말이다. 사회에서 이런 종류의 거짓말은 '처세술'이라는 말로 포장된다. 내 안의 감정을 드러내지 않는 것이 현명하고, 내 생각과 달라도 아니라고 말할 수 없는 구조 속에서 '거짓말'은 '사회성'이란 항목으로 평가받는다. 얼마나 능숙하게, 웃으며 거짓말을 하느냐가 나의 경쟁력이 되는 것이다. 정말 거짓말같이 씁쓸한 일이다.

아니다. 난 하나도 괜찮지 않다. 따지고 보면 불합리하고, 힘들고 불편하다. 전혀 괜찮지 않다. 지금 당장 너무 힘들고, 오늘만큼은 일찍 퇴근해 쉬고 싶다. 그러나 습관적으로 괜찮다는 말이 튀어

나온다. 만약 당신이 당연히 그래야 한다고 생각한다면, 그게 사회생활이라고 말한다면, 당신은 사회생활을 매우 잘하고 있는 사람일지 모른다. 하지만 그것은 사회생활의 능력치가 높은 사람일 뿐, 그 이상도 그 이하도 아니다. 그 말들이 습관처럼 튀어나온다는 건 최소한 자기 자신에게 끊임없이 거짓말을 하고 있는 것이다.

나는 정말 괜찮은 걸까. 오늘 정말 괜찮은 걸까.
앞으로도 괜찮을 수 있을까?

사무실에 앉아 귀를 세우고 둘러본다. 여기저기 피노키오처럼 나날이 코가 자라는 사람들이 있다. 다들 사회생활을 멋지게, 그리고 훌륭하게 해내고 있다. 놀라운 인내력이다. 이제 내 코 길이도 그들 못지않게 자랐으니 그럭저럭 사회에 잘 정착한 것 같다.

그래도 마음 한편에 바란다. 훗날 그 길어진 코를 훈장처럼 자랑하지 않기를, 그 길어진 코에 가려 나를 못 보는 실수를 반복하지 않기를.

「안 취할 술 없나?」

술을 마시지 않았지만 취한 듯 살아가고 있다. 사람에 취하고, 일에 취하고, 나 자신에게 취해 하루하루를 정신없이 보낸다. 취한 기분을 인지하는 순간이 되면, 이미 퇴근 시간이다. 마치 뭔가에 홀린 듯, 취한 듯, 미친 듯, 전력 질주하고 있는 내 자신이 불안해 보인다. 엘리베이터 안 거울에 비친 내 모습은 측은함보다 한심스러움 반, 걱정스러움 반이다.

한 순간이라도 안 취할 술 없나? 도대체 나는 무엇에 취해,

이렇게 제 몸 하나 가누지 못하고 숨이 넘어가고 있나?

답답함과 한숨만 엘리베이터에 남긴 채, 다시 컴퓨터 앞에 앉는다. 술을 한 모금 넘긴다. 술은 안 마셨는데, 입안에 술기운을 가득 머금고 또 취해 일을 한다. 이렇게 하면 인정받고, 칭찬받고, 승진하고, 연봉 높이고, 그리고 또다시 취하고, 비틀거릴 것이다.

이 사이클에서 뛰어내릴 수 없다는 불안감이 나의 목덜미를 움켜쥔다. 취하지 않고, 맨정신에 하루를 보낼 수 있는 삶. 그런 삶을 살고 싶다.

「그해 여름」

　대학교 1학년 여름방학 때, 여자 친구와 함께 팥빙수 가게 아르바이트 자리에 지원했다. 무난히 면접에 합격해 평일에는 데이트하고 주말에는 함께 아르바이트를 했다. 당시, 2002년 월드컵 열기와 맞물려 팥빙수 가게는 늘 사람들로 붐볐다. 덕분에 내 얼굴보다 큰 팥빙수를 매일 수백 그릇씩 날라야 했다. 신이 난 사장님은 윤종신 노래 '팥빙수'를 쉬지 않고 트셨다. '월드컵 송'을 틀어 달라는 손님들의 요청에도 꿋꿋하게 말이다.

　스페인과의 4강전이 있던 날도, 아르바이트를 했다. 전무후무한 기록 행진을 하고 있었던 한국 축구. 우리도 가게를 잠시 닫고 길거리 응원에 합류했다. 땡볕 속에서도 사람들은 마치 광신도처럼 붉은 물결을 만들며 일렁거리고 있었다. 우리도 함께 미친 듯이 소리 지르며 그 광기에 동참했다. 그러다 인파 속에 서 있는 여자 친구가 눈에 들어왔다. 그녀도 나를 보고 있었다. 주위를 음소거할 정도로 차분한 눈빛은 나를 일순간 멈추게 만들었다. 애써 웃으며 눈을 피하는 그녀를 보면서 꺼림칙한 뭔가를 느꼈다. 승리가 확정되는 순간 우리는 부둥켜안고 뛰었지만 내 마음속 한편에는 불편한 무게감이 계속 남아 있었다. 불안감은 곧 현실이 됐다. 며칠이 지나고, 그녀는 아르바이트하러 가는 길에 나에게 말했다.

"나 솔직히 이제 네가 좋은지 잘 모르겠어. 미안해."

아니 이렇게 황당한 일이…. 좋다며 일주일 내내 붙어 다닐 때는 언제고, 이제는 좋은지조차 모르겠다니. 나는 그녀가 하는 말의 의미를 정확히 알았지만, 무슨 말을 해야 할지 몰라 정면만 바라볼 뿐 아무 말도 하지 못했다. 다음에 이어질 그녀의 말이 듣기 싫었다. 그녀도 더 이상 말하지 않았다. 매우 심란한 마음으로 아르바이트를 시작했다.

평소에 하지도 않던 실수를 남발했다. 커다란 빙수 그릇을 손님 앞에서 깨트리기도 했다. 그녀 앞에서 사장님께 꾸지람을 듣고 있자니 정말 죽고 싶은 심정이었다. 멀리서 그녀의 시선이 느껴졌다. 점심을 먹으라는 동료들에게 입맛이 없다며 혼자 카운터를 지키고 있는데, 그녀는 와서 먹어 보란 말조차 없었다. 정말 헤어지기로 작정한 모양새였다. 그 후, 그녀에게 확실한 이별 통보를 받고, 결국 헤어졌다. 만신창이가 되어 아르바이트도 그만두었다. 아마 가게 사장님은 그 이후로 절대 커플 아르바이트를 두지 않았을 것이다.

2002년 월드컵 4강 신화, 생애 첫 아르바이트, 그리고 첫사랑 실패의 아픔까지. 인생에 다시 없을 세 박자가 절묘하게 맞아 떨어진 그해 여름은 참 복잡 미묘한 모습으로 기억에 남았다.

텔레비전에서 2002년 월드컵 자료 화면이 나올 때마다, 윤종신의 '팥빙수' 노래를 들을 때마다, 그해 여름이 머릿속에 오버랩 된다. 4년마다 열리는 월드컵 때마다 생각나니, 참 잊기 어려운 여름이다.

「내려놓기」

일을 그만두기로 마음먹은 후, 나의 가장 큰 적은 귀차니즘이었다. 퇴사 전날까지 잡혀 있는 회의는 회사를 나간 다음 날에도 나를 따라올 것 같았다. 내가 없어도 회사는 문제없이 잘 돌아간다는 것을 알지만, 마지막까지 원금 이자를 갚는 느낌으로 업무가 꼬리를 무니 짜증이 났다. 사실 이렇게 만사가 귀찮아진 이유는 따로 있었다. 남보다 늦게 사회생활을 시작한 만큼 빨리 인정받고 싶었고, 입사 초반부터 스스로를 무리하게 몰아붙였다.

남들이 우는 소리를 할 때도 나는 울음을 아꼈다. 꾹꾹 참는 나를 보고 대인배의 풍모를 갖췄다며 치켜세우는 사람들도 있었지만, 나는 그저 지금만 견디면, 언젠가(아마도) 특별한 보상이 있을 거라 위안하며 버텼을 뿐이다. 그런데 그만두기로 마음먹고, 퇴사 일자가 확정되니 그동안 억눌렀던 3년 치의 짜증이 몰려왔다. 참 허무함 가득한 짜증이다.

뭔가를 마무리한다는 것은 시작하는 것만큼 중요하다지만, 어찌 그 마음가짐이 서로 같을 수 있을까. 어쨌든 나는 이 귀차니즘을 최대한 드러내지 않고(물론 티가 났겠지만), 3년 동안 쌓아놓은 파일들을 외장 하드에 옮기는 경건한 의식을 치르며 남은 시간을 보냈다. 그리고 오직 퇴사 후 떠날 여행 생각에만 집중했다. 목적지는 베이징이었다. 베이징을 선택한 이유는 단순했다. 텔레비전 속에서만 보던 만리장성을 실제로 보고 싶었고, 실제로 전갈꼬치가 있는지, 중국 짜장면은 어떤 맛인지, 본토 칭따오 맥주가 얼마나 맛있는지 등 시시껄렁한 호기심만 있을 뿐이었다.

대학원 시절 함께 공부했던 중국인 후배에게 가이드를 받으면 좋겠다는 생각도 했다. 홀로 타지에서 사색에 잠기다 보면 앞으로 뭘 해야 할지 아이디어가 떠오를 수도 있지 않을까 하는 얄팍한 기대도 있었다. 사실 나는 꽤 오래전부터 여행을 가고 싶다는 말을 입에 달고 다녔다. 양손과 어깨에 짊어지고 있던 것들을 모두 벗어 버리고 훌쩍 떠나고 싶었던 나에게 '여행'이란 말은 멋스럽고, 그럴싸한 핑계였다.

퇴사하고 2주가 지났을 쯤, 베이징으로 떠났다. 베이징의 첫 인상은 나쁘지 않았다. 교통은 아주 편리했다. 지하철은 한국처럼 도시 전체를 거미줄처럼 연결하고 있었고, 저렴한 택시는 길을 헤맬 때마다 부담 없이 이용할 수 있었다. 가이드를 해 주는 후배까지 있으니 어려움 없이 베이징에 적응할 수 있었다. 음식도 대체로 만족스러웠다. 향이 강한 편이었지만, 재료와 조리법이 다양해 골라 먹는 재미가 있었다. 한국 유학을 통해 한국인 입맛을 잘 알고 있는 후배가 적절하게 주문해 준 덕분이기도 했다. 베이징은 미세 먼지와 잦은 비로 꽤 많은 날이 흐리고 가시거리가 짧다고 들었는데, 여행 기간의 대부분은 청명한 날씨였다. 택시 아저씨조차 이런 날씨는 거의 10년 만에 처음이라며 신기해할 정도였다. 도망치듯 온 여행을 하늘이 도우셨는지 과분할 정도로 모든 것이 좋았다.

날씨의 절정은 만리장성에 오를 때였다. 전날 밤, 배탈이 나서 밤새 화장실 문고리를 붙잡고 있었는데, 다행히 당일 아침에는 컨디션도, 날씨도 좋았다. 고속버스를 타고 나간 베이징 북쪽 외곽 하늘은 컴퓨터 고화질 바탕화면처럼 맑고 선명했다. 중국인 후배와 함께 환성을 질렀다.

만리장성을 오르면서 세 가지에 놀랐다. 평일이라지만 생각보다 사람들이 너무 적었고, 만리장성에 오르는 경사가 너무 가팔랐으며, 모든 것을 거대한 산이 감싸 안고 있어 내 존재가 티끌처럼 작게 느껴졌다. 긴 산성의 중간마다 있는 성곽을 지나면, 더 높은 성곽과 성벽이 줄지어 서 있다. 한참 걸어서 이제 가장 높이 올라 왔다고 생각해도, 곧 더 높은 것이 눈앞에 보였다. 끝없이 이어져 있는 것을 보면서 내가 정말 작은 존재라는 것을 새삼 깨닫고, 절로 겸손해졌다. 동양의 건축과 풍경이 낯선 외국인들은 말을 잊은 채 눈앞의 장관을 카메라에 담느라 정신이 없어 보였다. 나도 사진으로 남기기 위해 쉼 없이 셔터를 눌러 댔지만, 눈으로 기억하는 것이 더 낫다 싶어 카메라를 내려놓고 주위를 구석구석 둘러봤다. 중국

미술관에서 봤던 이름 모를 화가들의 수묵화들이 화려한 색을 입고 현실로 부활한 듯했다.

한 시간쯤 걷다가 점심을 먹었다. 후배가 센스 있게 맥주를 챙겨왔다. 육포와 삶은 계란, 그리고 쇠고기 맛 과자 등 중국 간식들도 많았다. 만리장성에서 칭따오 맥주를 마시며 육포를 씹는 기분이란 정말 환상적이었다. 이것이야말로 진정한 삼위일체가 아니겠는가. 산 능선을 타고 올라오는 바람까지 더해지니 이곳이 바로 극락이었다. 바람이 머리를 관통하듯 상쾌해 하늘로 날아갈 것 같았다. 불과 보름 전에는 회사에서 하루 종일 회의를 하고, 컴퓨터 모니터만 들여다보고 있었는데…. 비현실적인 상황에 그저 웃음이 나올 뿐이다. 내려놓고 그냥 하면 될 것을, 왜 그렇게 많이 고민하고 두려워했는지. 눈을 감고 지금 이곳에 있음을 온몸으로 느끼다가, 문득 내가 얼마나 행복한지 새삼 깨닫는다. 스스로 행복하다고 느껴보는 것이 얼마만인가. 나 자신을 위한, 혹은 남을 위한 겉치레가 아닌, 정말 한 치 거짓 없는 순수한 행복감을 나는 언제 마지막으로 느껴 봤던가. 이러한 감정에 감탄하고 있을 때, 내 마음속에서는 놀라운 변화가 생겼다. 오랫동안 몸을 감싸던 무기력한 껍데기들이 한 꺼풀씩 벗겨지는 듯했고, 눈은 밝아지고, 귀가 열려, 주위의 것들이 더 선명하게 다가왔다. 귀차니즘으로 한동안 정지된 내 머리도 삐거덕거리며 다시 돌아가기 시작했다. 오래전 가동을 멈췄던 공장에 사람들이 다시 찾아오고, 전기가 들어와 다시 제 기능을 하는 것처럼 온몸이 요동쳤다. 뭔가 다시 하고 싶다는, 할 수 있다는 전율이 느껴졌다.

이곳에 온 이유는 현실도피였는데, 내가 피하고 싶었던 현실은 어쩌면 내가 만든 허상이었단 생각이 들었다. 내가 벗어나고 싶다고 말한 현실은 누군가 나를 골탕 먹이기 위해 계획적으로 만든 것이 아니라, 내려놓지 못한 내 욕심이 만든 허상인 것이다. 힘든 이유는 내 안에 있는데 그동안 그것을 밖에서 찾으려 했다. 그러니 아무리 둘러보고 헤집어 보아도 해결할 방법이 없었던 것이다. 다 내려놓고 떠난 후에야 알게 되었다. 가장 순수한 행복감 앞에서 말이다. 내가 어떤 상황에서 이곳에 왔는지 잘 알고 있는 중국 후배가 나에게 말했다.

"괜찮으니까 걱정 말고 내려놓아요."

나는 결코 거창한 깨달음을 얻고자 여기 온 것이 아니었다. 그저 낯선 곳에서 멋진 풍경을 보고, 추억으로 남길 만한 것들을 찾는 관광객일 뿐이었다. 그런데 나를 감싸고 있는 모든 것들이 한 목소리로 외치고 있다. 벗어 내고, 씻어 내고, 내려놓으라고.

나는 만리장성을 오르며 놀라운 세 가지를 발견했다. 평일의 만리장성은 무척 한산하고, 올라가는 경사가 생각보다 가파르며, 성곽에 오를수록 나는 작고 가벼워진다는 것.

「손등 낙서」

회사에 신규 입사자가 들어왔다. 평범해 보였지만 독특한 이력의 소유자였다. 투박한 외모와 어울리지 않게, 손 전문 모델로 활동하며 유명 남자 배우들의 대역을 했다고 한다. 자연스레 시선이 손으로 향했다. 관리를 하고 있어서 그런지, 여자 손처럼 하얗고 고왔다. 까맣고 투박한 내 손을 봤다. 오른 손등에 깊게 남은 흉터가 있다. 오래전에 난 상처인데 그 흔적은 아직도 그 자리에 선명하게 남아 있다.

"최근에 원빈과 아이돌 가수의 손 대역을 했습니다. 핸드폰 광고였는데, 상대 여배우가 너무 예뻐서 손이 떨렸어요. 그리고…"

나는 내 손을 계속 내려다봤다. 내 오른 손등에는 흉터가 있다. 이 흉터는 중학교 때 생겼다. 집 화장실 벽을 주먹으로 후려쳤을 때, 깨진 파편이 박혀서 난 상처다. 그 또래 남자아이들의 흔한 자기과시 행위와는 좀 달랐다. 당시 우리 집은 늘 어수선했다. 부모님은 부모님대로, 자식은 자식들대로 지쳐 있었고, 사는 것이 참 힘들었다. 돌이켜 보면 모두가 피해자고, 모두가 가해자였다. 어느 집에서나 볼 수 있는 불화일 수도, 유난히 혹독했던 우리 집만의 풍파일 수도 있다. 어쨌든 나는 욱하는 화를 참지 못하고, 무식하게 벽에 화풀이했다. 뭔가 깨지는 소리를 들은 큰누나가 뛰어 들어와, 피로 흥건해진 내 손을 보며 주저앉아 울었다. 이제는 기억도 희미해진, 오래전 일이다.

이 손등에 난 상처는 나에게는 일종의 '낙서'가 되었다. 무언가를 추억하기 위해 벽이나 나무에 낙서를 하는 것처럼, 난 손등 위에 그때의 흔적을 남겨 놓은 것이다. 그 흔적이 곧 우리 가족의 역사다. 우리 집의 과거가 내 손등 위에 고스란히 남아 있는 것이다. 어쩌면 아버지, 어머니 그리고 누나들도 내가 모르는 흔적을 갖고 있을지 모른다. 내가 손등에 낙서를 했듯이, 다른 어딘가 저마다 크고 작은 낙서를 남겼을 것이다. 더없이 행복한 시간을 보내고 있는 요즘, 그때가 아주 먼 옛날 이야기처럼 느껴진다.

신규 입사자의 유쾌한 자기소개가 이어지는 동안, 난 내 오른손을 조용히 감싸고 있다.

「용기 있는 월광」

친하게 지내던 동료가 회사를 그만두었다. 오래전부터 꿈꾸던 자기 사업을 하겠다며 호기롭게 회사를 나갔다. 센스 있는 업무 스타일로 회사에서도 인정받고, 훤칠한 외모와 수려한 말솜씨 덕분에 인기도 많았다. 가까이서 본 사람으로서 평가하자면, 그는 외모보다 태도(또는 멘탈)가 더 멋진 친구였다. 어쨌든 그는 꽤나 좋은 인상을 남기며 떠났고, 곧 그 자리로 새로운 사람이 들어왔다.

자연스레 회사 사람들은 새로운 사람을 이전 사람과 비교하기 시작했다. 이전 사람이 잘하고 나갔을 경우, 웬만큼 잘하지 않고서는 좋은 평가를 받기가 어렵다. 일종의 핸디캡이다. 역시나 회사 내 여론은 천천히, 하지만 점점 분명하게 퍼져 나가고 있었다. 부정적인 방향으로. 새로 들어온 친구를 'B군'이라고 하겠다. B군은 말투가 조금 어눌했다. 큰 키에 동그란 안경테를 끼고 있는 모습은 어수룩하고, 빈틈이 많아 보였다. 한 달이 지난 시점에는 본인도 자신이 이전 사람과 비교당하고 있음을 아는 듯했다. 애써 웃으며 괜찮은 척 하지만, 때 이른 위기를 맞이한 그에게 내가 알고 있는 월광 이야기를 해 주고 싶었다.

베토벤의 〈월광(月光)〉. 유명하니 전주만 들어도 알 것이다. 〈운명 교향곡〉만큼 유명한 곡이다. 〈월광〉은 도입부의 몇 마디만으로도, 듣는 이를 완전히 몰입하게 만드는 마력의 곡이다. 워낙 훌륭하고 인상적인 곡이라, 이후의 작곡가들은 월광이란 제목의 곡을 감히 쓰지 못했다. 그러던 중, 프랑스의 작곡가 드뷔시는 베토벤과 동명의 곡을 발표했다. 시대를 뛰어넘는 명곡과 같은 제목으로 곡을 쓴다는 것. 정말 용기 있다. 그의 〈월광〉을 들은 많은 사람들은 베토벤의 그것과 비견될 정도로 훌륭하다고 평했다. 곡도 훌륭하지만 사실 그 용기에 박수를 보낸 면도 있을 것이다.

B군에게 월광 이야기를 하지는 않았다. 철없는 신입에게 드뷔시가 되라고 말하는 것도 웃기고, 오지랖이라는 생각이 들기도 했다. 어쨌든 비교를 피할 수 없다면 본인 스타일대로 용기 있게 정면승부를 하라는 말을 하고 싶었다. B군이 용기 있는 월광을 만들길 응원해 본다.

보이고 들리는

「Rewind」

만약(if), 하루를 두 번 살 수 있다면 어떨까? 나는 그런 사람을 본 적이 있다. 현실이 아닌 영화에서 말이다. 영화 〈어바웃 타임〉의 주인공은 아버지로부터 시간 여행을 할 수 있는 능력을 물려받았다. 그 특별한 능력을 이용해 같은 하루를 다시 살아 보기로 한다. 우선 평소와 같은 평범한 하루를 산다. 일상의 무료함에 지쳐 무표정과 무관심으로 일하고, 누군가의 반가운 인사에도 냉소적인 미소로 답한다. 오늘도, 내일도 어제와 별반 다르지 않다는 생각으로 하루를 버틴다. 딱히 본인이 이상하다고 느끼지 못한다. 이런 하루에 익숙해져 있는 것이다.

그는 24시간을 모두 보낸 후, 침대에 누워 지난 하루를 돌아본다. 그리고 두 번째 하루를 시작하려고 한다. 옷장에 들어가 두 손을 불끈 쥐면 시간 여행이 시작된다. 황당한 설정이지만 어쨌든 그는 하루 전으로 돌아가 다시 한 번 그 시간을 살아 본다. 이번에는 작은 변화들을 시도한다. 눈도 마주치지 않던 커피숍 점원에게 가벼운 미소로 안부를 건네고, 시끄럽게 음악을 듣는 지하철 남자 때문에 불쾌한 표정을 짓는 대신, 함께 음악을 즐기는 여유를 갖는다. 친구의 성공에 아낌없이 축하해 주고, 동료의 실수를 위트 있게 감싸 준다. 주인공은 자신의 몸에 돋아나 있던 가시들을 걷으니, 놀라운 변화가 일어나는 것을 알게 됐다. 두 번째 하루를 사는 동안, 가장 많이 웃은 사람은 바로 본인이었다.

여기저기 허무맹랑한 설정이 난무하지만, 영화가 주는 메시지는 결코 가볍지 않다. 현실 속 우리는 시간 여행을 할 수 없으니, 하루하루가 더 간절해져야 한다. 하지만 우리는 이 시간이 무한히 허락되고, 내 곁에 있는 사람들이 항상 함께할 거라는 착각 속에 살아간다. 달력을 찢어 버려도 그 뒤에는 언제나 새로운 하루가 반겨 줄 거라 맹신하고 있는 것이다. 아마도 마지막 장을 찢은 후에야 비로소 깨달을 것이다. 오늘이 나의 마지막 하루였다는 것을.

이 영화를 보는 동안 테이프를 rewind 하듯 시간을 되돌려 지난 하루를 떠올렸다. 아침에 눈을 뜬 일, 내가 누군가에게 건넨 말과 행동들, 지옥철에서 수없이 스쳐 지나간 인파와 그들의 시선, 길을 건널 때 받은 낯선 사람의 조용한 배려, 남의 실수에 즐거워하던 눈빛들, 상점 점원의 인사와 누군가의 끄덕임까지. 하루 동안 스쳐 갔던 모습들을 제대로 다시 볼 수 있다면, 내가 맞이할 또 다른 하루는 좀 더 달라질 수 있지 않을까. 그렇다면, 두 손을 꼭 쥐고 오늘 하루를 rewind 해 볼 가치는 충분히 있다.

「시나리오」

죽기 전에 영화 시나리오를 써 보고 싶다. 많이도 말고, 한 편이 면 충분하다. 사실 꽤 오래전부터 장르를 정하고 내용도 구상해 놓 았다. 언제 완성될지 모를 작품, 아무도 모르게 사라질 수도 있는 비운의 작품! 여기에 처음으로 공개한다.

영화의 장르는 공포&스릴러다. 기본 소재는 색(Color)이다. 색의 체계가 뒤틀려져 버렸을 때, 일어날 수 있는 사건들을 옴니버스 형 태로 그려 내는 것이다. 세상의 색이 뒤죽박죽될 때, 우리가 겪을 혼란과 공포를 다룬다.

본격적인 시나리오 설명에 앞서, 초등학교 과학 시간 때 배웠던 빛과 색의 관계를 다시 살펴보자. 우리가 말하는 빛은 태양으로부 터 방사된 많은 전자파 중, 비교적 짧은 파장을 가지고 있는 가시광 선을 말한다. 이 가시광선 내 파장들은 길이에 따라 다양한 스펙트 럼으로 구분되는데, 이것이 우리가 흔히 알고 있는 '빨주노초파남 보'이다. 우리가 사과를 빨간색, 잎을 초록색으로 구분할 수 있는 것은 물체가 실제로 그 색을 가지고 있어서가 아니라, 빨간색, 초록색의 파장을 반사하고, 나머지 파장은 투과시키기 때문이다. 우리의 눈은 이렇게 반사된 빛을 받아들인 뒤, 눈에 있는 시신경 세포의 자극에 의해 물체의 색을 인지하고 구분하는 것이다. 나는 이렇게 색을 인지하는 과정에서 어떠한 변수가 개입할 수 있지 않겠냐는 상상을 해 봤다. 어차피 나는 과학자나 관련 분야 전문가가 아니니, 내 마음이다.

다시 시나리오 이야기로 돌아가서, (아직 설명 불가능한) 어떠한 사건으로 인해, 우리가 인지하는 색의 체계가 다 뒤틀려 버렸다. 흰색이 검은색으로 보이고, 검은색이 흰색으로 보인다. 앞에서 대화하던 상대는 공포의 대상이 된다. 머리와 눈썹, 눈동자, 얼굴의 점들이 모두 흰색으로 보이고, 씨익 웃을 때 보이는 치아는 검은색이다. 결국 대화를 마치지 못한 채 밖으로 뛰쳐 나간다.

밖은 더 심각하다. 이 세상은 마치 팔레트 위에 물감이 마구 뒤섞인 것처럼 혼돈 그 자체다. 경찰도, 정부도 이를 해결할 방법은 없다. 어느 과학자도 이 대재앙을 대비하거나 예견하지 못했고, 제대로 보이는 게 없으니 원인을 찾을 수도 없다. 이러한 상황을 배경으로 전개되는 네 가지 에피소드의 옴니버스 영화이다.

첫 번째 에피소드는 어느 가족의 적응기를 다룬다. 3대가 뿔뿔이 흩어져 살던 가족이 대혼란 덕분에 한 집에 모였다. 다들 텔레비전 속 뉴스 속보에만 집중하며 어색한 동거 중이다. 서로의 정신건강을 위해 이슬람 여자들처럼 머리에 천을 두르고 있다. 황당하고 우스꽝스러운 사건들을 이 가족에게 벌어진다.

두 번째 에피소드는 동물원에서의 소동을 다룬다. 사람뿐 아니라, 동물들도 이 혼란에 동참한다. 사슴을 본 사자가 놀라 도망가고, 기린이 하이에나를 뒤쫓는다. 먹이사슬이 깨졌다. 코끼리 떼가 풀 가득한 초원으로 착각하고 호수에 뛰어든다. 코끼리들을 구하기 위해 사육사들이 사투를 벌인다. 원숭이와 고릴라 어미들은 자신이 낳은 새끼의 모습을 보고 놀라 집단 자살을 시도한다. 혼란 속 뜻밖의 수혜자는 공작새다. 더욱 화려하고 기괴해진 공작새의 우아한 자태를 감상하기 위해 많은 관광객이 동물원을 찾는다.

세 번째 에피소드는 국가와 반국가단체들 간의 전쟁이다. 이 모든 혼란이 강대국에서 벌인 무분별한 과학 실험의 결과라고 판단한 무정부단체들이 연합하여 전쟁을 선포한다. 이들의 활동이 장기화 조짐을 보이자, 각 정부들도 이성을 잃고 무정부단체들을 무차별로 공격한다. 전쟁으로 수많은 희생자가 생긴다. 서로를 괴물 취급하며 광기 가득한 학살이 이어진다. 하늘에서 핵폭탄이 투하되고, 폭발음과 함께 이제껏 보지 못한 가장 아름답고 눈부신 꽃버섯이 하늘 높이 피어오른다. 뜻밖의 반전은 이 혼돈의 원인이 강대국들의 실험 때문이 아니라는 것이다.

마지막 에피소드는 구원자에 대한 이야기다. 세계 모든 국가가 사실상 붕괴되고 사람들이 미쳐 가는 절체절명의 순간, 유일하게 이성적인 사고가 가능한 무리가 등장한다. 그들은 다름 아닌, 맹인

안마사들이다. 원래 보이는 것이 없던 이들이, 이 혼란을 중재할 수 있는 최적의 인물들이었다. 그들은 전 세계 사람들의 눈을 가리게 하고, 통제하고 통치하며 새로운 세상을 만드는 메시아가 된다. 그렇게 지구는 평화를 되찾는다. 맹인들에 의해.

대략 이런 시나리오다. 비과학적이고, 황당무계해도 재미있을 것 같다. 감독으로는 봉준호 감독도 훌륭하지만, 시각적 임팩트가 중요한 만큼, 김지운 감독이 맡았으면 좋겠다.

2025년쯤 작품으로 어떠신지. 평생의 소원으로 이런 꿈도 꿀만하지 않을까? 이 시나리오는 꼭 완성하고 말 것이다. 혹시 투자 계획이나 더 좋은 아이디어가 있다면 연락 주시길.

「인생 선배」

제대 후, 복학 전 꼭 하고 싶은 것이 있었다. 바로 공연 관람.

연극이나 뮤지컬, 콘서트 등 공연을 볼 기회가 거의 없었다. 함께 볼 애인도, 그런 취미를 공유할 친구도 없었다. 보통 남자들은 연극이나 뮤지컬을 동성친구와 보러 가지 않는다. 공연 한 편 보는 것이 마치 놀이동산 가는 것처럼 어렵고 설레는 일이었다. 결국 나는 인터넷 동호회로 눈을 돌렸다.

공연 단체 관람 동호회 찾기는 어렵지 않았다. 회원 수도 많고, 활발하게 운영 중인 동호회를 선택해 가입한 뒤, 다음 공연 모임을 예약했다. 돌아오는 주말 공연이었다. 나는 공연과 만나게 될 사람들에 대한 기대감으로 들뜬 한 주를 보냈다.

공연 당일 일찌감치 예술의 전당에 도착했지만, 공연 시작 30분 전까지도 동호회 사람들은 모이지 않았다. 공연 시작 10분 전, 여전히 동호회 사람으로 보이는 이들은 없었다. 불안감이 스멀스멀 몰려오기 시작할 때쯤 운영자로부터 연락이 왔다. 중년의 남성 목소리였다.

"저, 러브바이러스 님? 곧 공연 시작인데 어디 계시죠?"

민망하게도 유치한 나의 닉네임을 아무렇지도 않게 말하는 이 중년의 남성은 바로 앞에서 나를 찾고 있었다. 눈앞에 있는 아저씨, 아줌마 무리를 발견했다. 그렇다. 상황이 순식간에 이해가 됐다. 이 동호회는 40~50대 중년 모임인 것이었다. 의외의 상대. 뜻밖의 조우에 어색한 기운이 돌았다.

"어떻게 할까? 그냥 집에 갈까? 뭐라고 인사를 하지? 닉네임을 말해야 하나?"

그들 또한 놀란 눈치다. 나는 쭈뼛거리며 걸어가 인사를 했고, 무리에 섞여 서둘러 공연장에 들어갔다. 혼란스러웠다. 상상도 못한 상황이었다. 두 시간 남짓 공연이 진행되는 동안에도 집중할 수 없었다. 공연이 끝나면 적당히 둘러대고 집에 가기로 마음먹었는데, 공연이 끝나자 한 명이 나에게 다가와 말을 걸었다.

"공연 잘 봤어요? 식사하러 갈 건데, 같이 가요."

거부할 수 없는 차분한 목소리다.

"네…."

결국 나는 회식 장소까지 따라갔다. 한쪽 구석에 조용히 앉아 맥주를 홀짝였다. 평균 나이 50세는 족히 되어 보이는 중년 모임에 20대 청년이 낀 것이다. 모인 사람들도 불편할 거란 생각에, 자리에서 일어날 적당한 타이밍만 재고 있는데, 이내 공연 이야기가 시작된다. 장황한 자기소개 따위는 생략된 채. 원작 스토리와 배우의 연기, 연출에 대한 부분까지 본인들이 느낀 바를 진지하게 토론했다. 놀라웠다. 나도 어느새 그들의 이야기를 집중해서 듣고 있었다.

회식이 끝날 때쯤, 다음 모임 안내가 있었다. 나는 망설임 없이 다음 공연도 예약했다. 그리고 복학하기 전까지 약 6개월 동안 그 동호회 사람들과 10편이 넘는 공연을 봤다. 새로운 멤버가 들어오긴 했지만, 내가 유일한 20대였다. 꾸준히 이 모임을 참여할 수 있었던 것은, 동호회 사람들의 진지함이 좋아서였다. 그들은 한가한 사람들이 아니었다. 바쁜 생업 속에서 작은 여유를 찾고, 포기하고 살아왔던 자신들의 취미를 즐기는 모습이 좋았다. 진정성이 느껴지는 진지함이 좋았다. 또래 친구들과는 경험해 본 적 없는 느리지만 깊이 있는 대화가 편안했다. 허세가 아닌, 연륜에서 나오는 자신감도 정말 멋졌고, 그 멋스러움이 언젠가 나에게도 묻어나기를 바랐다. 짧은 기간이지만 오래 알고 지낸 것처럼 많은 추억이 남았다.

나는 6개월 동안 그분들과 공연을 봤고, 만나는 동안 그들을 '선배님'이라 불렀다. 인생 선배님.

「호의」

때로는 영화보다 영화 속 대사가 더 유명해지곤 한다. 흥행에 상관없이 사람들의 공감을 얻고 시간이 지나 재조명 받는 경우도 있다. 내가 지금 말하려고 하는 영화도 그렇다. 영화 〈부당거래〉에서는 다음과 같은 대사가 나온다.

<u>호의가 계속되면 그것이 권리인 줄 알아.</u>

이 짧은 대사는 영화를 보지 않은 사람들에게도 공감을 얻으며 여러 상황에서 회자되곤 한다. 일상 속 많은 관계에 적용할 수 있는 말이기 때문일 것이다. 가족 간, 친구 사이, 선배와 후배, 선임과 후임, 스승과 제자, 비즈니스 파트너 관계, 점원과 고객 등 대부분의 관계에서 쓸 수 있는 말이다. 기가 막힌 대사다.

결혼한 후에는 한 달에 한 번쯤, 퇴근길에 부모님을 뵈러 간다. 눈에 띄게 많아진 흰머리를 볼 틈도 없이, 어머니는 부산하게 움직이신다. 김치부터 과일까지 뭐 하나라도 더 챙겨 주고 싶은 마음 때문이다. 내가 도착하기도 전부터 무엇을 챙겨 줄지 고민하셨을 어머니. 야근까지 하고, 식사 시간을 훌쩍 지나 왔는데, 나와 같이 먹겠다며 저녁도 안 드셨단다. 너무나 감사하고 따뜻하지만, 그 모습을 보고 있자니 내 스스로가 무섭다는 생각이 든다. 부모와 자식이란 관계가 무섭게 느껴진다. 예전에는 너무나 익숙했던 이런 상황이 언제부턴가 낯설다. 결혼 전 부모님과 함께 살 때, 어머니는 집으로 귀가한 나를 위해 밥상을 차리셨다. 그리고 내가 다 먹고 나면 설거지를 하셨다. 자기 전에는 방이 충분히 따뜻한지 확인하고 보일러를 조절하셨다. 이런 상황이 일상이었고, 나는 당연히 누릴 권리라고 착각해 왔다.

지금 내가 느끼는 낯섦은 그것이 권리가 아닌 호의라고 느껴졌기 때문이다. 얼마나 오랫동안 이 호의를 당연하게 여기며 살아왔나. 앞으로도 모르고 살 수 있었다는 생각에 내 자신이 무서워졌다. 늦게라도 알아 정말 다행이다.

「어두운 천재」

　편식하지 않고 모든 장르의 영화를 즐겨 보는 편이다. 그중에서도 공포 영화를 유난히 좋아한다. 거기에 스릴러 요소까지 가미된 작품이라면 거의 빼먹지 않고 찾아본다. 하지만 최근 개봉한 작품들에서는 도무지 참신함이라곤 찾아볼 수가 없다. 잔혹함과 극단적인 상황만 남발하고, 섬세한 상황 묘사나 관객이 몰입할 틈 따위는 줄 생각이 없어 보인다. 그저 롤러코스터 태우듯 허겁지겁 사건을 전개시키고, 두루뭉술하게 마무리한다. 이러니 예고편이 본편보다 더 무섭다는 비아냥거림이 나오는 것이다. 하여튼 최근 본 공포 영화들은 죄다 이런 식이었다.

　예전에 나를 흥분시켰던 어두운 천재가 다시 떠올라 도서 대여점을 찾았다. 익숙하게 그 만화책이 있는 자리로 걸어갔다. 내가 알고 있는 세상에서 가장 어둡고, 음지에서 뛰어놀고 있는 천재. 그의 이름은 바로 '이토 준지'다. 그는 일본 만화가로 80년대 중반 이후, 단연 돋보이는 공포 만화의 거장이다. 그의 이름은 몰라도, 그의 히트작을 기억하는 사람은 많을 것이다. 〈소용돌이〉, 〈토미에〉, 〈소이치의 일기〉 등. 모두 이토 준지만의 기괴한 상상력이 낳은 희대의 대표작들이다.

내가 그를 천재라고 평가하는 이유는 바로 그의 '시선' 때문이다. 흉측한 귀신이 등장하거나 잔혹한 장면들만 난무하는 평범한 공포 만화와 달리, 우리 생활 속 작은 요소들을 찾아 공포의 포인트를 넣어 버린다. 일상 속 스쳐 지나가는 대상들을 관찰하고, 이를 의외의 대상과 공간에 연결 지어 버리는 기괴한 상상력을 발휘하는 것이다.

영원히 깨지 않는 불멸의 꿈, 온 세상의 집들이 서로 연결되어 있는 극한 폐쇄 공간, 땅속에 혈관처럼 뻗어 있는 나무뿌리와 피의 열매 혈옥수, 소용돌이처럼 변형된 달팽이 인간, 자신의 얼굴을 닮은 거대 살인 풍선, 부족한 철분을 섭취하기 위해 못을 물고 저주를 퍼붓는 소년…

그의 작품들은 오싹하다가도 마지막에는 늘 여운이 남는다. 그가 만든 지독한 편집증이 투영된 캐릭터와, 기괴한 상황 속 인간에 대한 극단적인 소외감이 깊게 깔려 있기 때문이다. 그리고 작품의 내용과 어울리지 않는 아름다운 그림체는 묘(妙)한 이질적 공포를 안겨 준다. 공포 장르를 보지 않는 사람이라도, 이 어두운 천재가 만든 판타지를 경험해 보길 추천한다.

나는 결국 전권을 빌려, 집으로 가고 있다.

「극장 에티켓」

영화가 시작한 뒤 스크린을 가로지르며 입장하는 커플.

영화 시작 전부터 냄새를 풍기며 포장해 온 햄버거를 먹는 사람.

극장을 휴대폰으로 환하게 비추며 문자를 즐기는 아주머니.

이들 중 누구라도 만난다면, 쾌적한 영화 관람은 일찌감치 포기하는 것이 낫다. 영화 애호가인 나는 극장 에티켓에 나름 깐깐한 편이라, 이런 사람들을 볼 때마다 나도 모르게 미간에 주름이 잡히고, 깊은 한숨이 나온다. 한편으로는 이들을 볼 때마다 분노와 동시에 강렬한 동료애를 느끼기도 한다. 내 고상한 극장 에티켓에 먹칠을 한 일이 있었으니, 반지의 제왕 3편 〈왕의 귀환〉을 볼 때였다.

피터 잭슨 감독의 팬이었던 나는 1주일 전부터 시리즈의 완결편인 이 영화를 예매하고 극장을 찾았다. 당시 최다 CG 물량과 최대 스케일로 제작된 영화답게 화려한 액션이 볼 만했다. 솔직히 볼 만한 정도가 아니라 완전히 몰입해 한 장면, 한 장면 집중하면서 볼 수밖에 없었다. 프로도가 절대반지를 들고 사우론의 시선을 피해 모르도르 화산을 오를 때는, 같이 오르듯 양손에 힘이 들어갔고,

골룸이 반지와 함께 용암 속으로 추락하는 클라이막스에서는 그 짜릿함에 입을 벌린 채 한참 넋을 놓았다.

그런데!

영화가 점점 절정에 다다르고 있을 때, 내 몸에서 정체 모를 강렬한 신호가 꼬리뼈와 척추를 지나 전두엽을 강하게 치고 올라왔다. 점보 사이즈 팝콘과 라지 사이즈 사이다를 혼자 다 먹은 것이 문제였다. 원래 극장에서는 잘 먹지 않는 편인데 영화에 몰입하느라 나도 모르게 마구 먹어 버린 것이었다. 냉정하게 마음을 가다듬고 주위를 둘러봤다. 부지런히 예매한 자리는 좌우, 상하 어딜 봐도 정 중앙이었다. 이마에 식은땀에 맺히기 시작했다. 곧 끝나기를 기대하며 애써 웃으면서 몸을 가다듬고 숨을 깊게 내쉬었다. 시작이 있으면 끝도 있는 법. 절대 반지도 해치웠으니 곧 끝나리라.

하지만!!

절대반지를 없앤 이후에도 엄청난 러닝 타임을 자랑하는 엔딩씬이 나를 기다리고 있었다. 반지원정대가 서로 환하게 웃으며 마지막 인사를 하는 것이 마치 나를 조롱하는 듯 보였다. 슬로우로 움직이는 호빗들의 손짓과 인자한 간달프의 미소는 공포 그 자체였다. 등에는 차가운 식은땀이 흘러내려 셔츠가 젖었다. 관객이 3년 만에 만난 반지원정대와의 이별을 아쉬워하고 있을 때, 나는 엉덩이를 들썩이며 격하게 그 순간을 버텨야만 했다.

결국 나는 엔딩크레딧을 확인하지 못하고, 앉아 있는 사람들의 무릎과 어깨를 사정없이 밀치며 밖으로 뛰어나갔다. 야유와 욕설이 어깨너머로 들리는 듯했지만 기분 탓일 거라 위안했다. 오로지 직진! 화장실로 내달렸다. 화장실에서 나는 흡사 절대반지를 가진 듯 격한 감격을 맛봤다. 영화가 끝났는지 밖에서는 웅성거리는 소리가 들렸다. 하지만 난 사람들이 모두 퇴장하기 전까지 화장실 밖으로 나갈 생각이 없다.

그때부터였다. 나의 극장 에티켓은 여전히 깐깐하지만, 인정이 없진 않다. '그럴 수도 있다'라는 끈끈한 동료애가 깔려 있다. 예를 들어, 늦게 들어온 저 커플은 첫 데이트에 긴장한 나머지 일정에 차질이 생겼을 것이다. 홀로 극장에서 햄버거를 먹는 저 사람은 힘든 다이어트를 막 끝내고 참기 힘들었을 것이다. 객지에서 외롭게 홀로 지내시는 저 아주머니는 간만에 그리운 가족의 연락을 받은 것이다. 이렇게 생각하면 우린 모두 동료이고, 이해가 된다.

「가사가 없는 음악」

늘 음악을 듣는다. 출퇴근하는 지하철 안에서도, 글을 쓰고 그림을 그릴 때도. 답답한 날이면 길을 걸으며 생각을 정리하는데, 이때도 음악을 듣는다. 심지어 샤워를 하면서도 듣고 있으니, 음악은 취미를 넘어 생활에 꼭 필요한 요소가 되었다. 특정 장르를 편식하지 않고 두루두루 듣는 편인데, 요즘엔 나도 모르게 가사가 없는 연주곡들을 찾게 된다.

라벨과 드뷔시의 교향곡, 코타오 오시오, 와타나베 요이치, 바이준 등의 뉴에이지, 그리고 〈이터널 선샤인〉, 〈4월 이야기〉 등 영화 OST도 즐겨 듣는다. 노래 가사가 주는 전달력과 호소력이 좋긴 하지만, 가사가 없는 음악만의 매력도 있다. 가사로 의미를 한정 짓지 않고, 내가 느끼는 대로 상상할 수 있게 해 준다. 그 자체만으로도 나에겐 큰 즐거움이다.

잔잔하게 흐르는 기타와 피아노 선율에는 저마다의 스토리가 있다. 그 이야기를 내가 써 내려 갈 수 있다. 쓸데없는 해석도 가사의 의미도 생각할 필요 없다. 흘러가듯 그저 들으며 순간의 감정에 오롯이 몰입할 수 있다.

주위의 소음이 모두 닫히고, 내 숨소리와 독백만이 남는다.

자연스레 마음도 편안해진다. 바쁜 일상 속에서 이 상상의 시간들이 나에겐 작지만 커다란 위로가 된다. 누군가는 현실 도피라고 비난할 수도 있겠다. 하지만 무기력해지고, 생기를 잃어 가는 일상에 조금이나마 숨을 불어넣는 것이라고, 나는 말하고 싶다. 가사가 없는 음악을 내 하루에 틈틈이 끼워 넣는 요즘, 유난히도 잔잔한 위로와 긴 숨이 필요해서인지도 모른다.

「왼손을 위한 선물」

'왼손을 위한 피아노 협주곡(Piano concerto for the left hand)'. 유명한 프랑스 작곡가 라벨의 곡이다. 이 곡을 접한 것은 한 클래식 강연에서였다. 지인의 초대로 갔던 그곳에서, 강연자는 이 곡을 소개하며 말했다.

"비 오는 날, 곱창과 소주를 잊게 해 주는 곡입니다."

처음은 나지막하게 흐르는 피아노 선율이 귀를 기울이게 만든다. 슬프고 서정적인 멜로디 라인이 우리 정서에도 잘 맞아 국내에서도 많이 연주된다고 한다. 듣다 보니 클래식보다는 뉴에이지에 더 가깝다는 생각이 들었다. 이후에 들은 오케스트라 버전은 웅장하고 좀 더 역동적인 느낌이었다. 이렇게 멋진 곡을 듣고 있으니, 곡이 만들어진 배경이 궁금하지 않을 수 없었다. 나는 강연을 집중해서 듣기 시작했다.

때는 제1차 세계대전. 당시 유명했던 피아니스트 비트겐슈타인은 전쟁 중, 오른팔을 잃는 중상을 입는다. 피아니스트에게 팔을 빼앗기는 일만큼 절망적인 것이 있을까. 그 소식을 들은 라벨은 그를 위한 곡을 만들어 헌정한다. 한 손으로 칠 수 있지만 결코 쉽지 않은 곡, 왼손을 위한 피아노 협주곡이다. 비트겐슈타인은 남아 있는 왼손으로 이 곡을 연주하고, 다시 한 번 유명세를 얻는다. 라벨을 통해 제2의 인생을 선물 받게 된 것이다.

　신이 아닌, 한 인간이 다른 인간에게 줄 수 있는 최고의 선물. 나는 강연을 들으며 이 곡이 그런 선물이란 생각이 들었다. 어쩌면 그러한 선물을 받는 것보다, 줄 수 있는 것이 훨씬 큰 축복일 것이다.

　나도 누군가를 다시 일으켜 세울 수 있는 왼손일 수 있을까.

「괜찮아, 괜찮아」

해 봐! 해 봐! 실수해도 좋아! 너는 아직 어른이 아니니깐.

어릴 적 좋아했던 만화 〈영심이〉 주제가의 가사다. 유튜브에서 '90년대 만화 주제가 모음'을 발견해서 클릭했는데, 이 노래가 가장 먼저 나왔다. 요즘 아이들에게는 무성영화만큼이나 오래된 고전이 겠지만, 당시 본방사수를 했던 세대에겐 언제 들어도 반가운 주제 가일 것이다. 아직까지도 전주가 흐르면 가사가 떠오른다. 나도 모르게 따라 부르다 보니, 저 가사가 자꾸 귀에 걸린다. 뭐든지 해도 좋다고, 실수하고 넘어져도 괜찮다고 하는데 한 가지 조건이 있다. 어른이 아니라는 조건. 넌 아직 어른이 아니니깐 괜찮아. 대신 어른이 되면 실수를 하면 안 돼.

당시 이 만화를 본 어른들은 얼마나 속상했을까. 무슨 실수를 나이 따져 가면서 하는 것도 아니고, 어른이란 이유로 실수를 허락할 수 없다니. 막상 어른이 되고 보니, 오히려 어릴 때보다 새로운 것에 대한 동경은 더 커지고, 실수에 대한 불안함도 크게 자랐다. 하지만 어른들에게는 어느 누구도 실수해도 좋다고, 아직도 괜찮으니 뭐든 해 보라고 말해 주지 않는다. 오래전 넘쳤던 자신감은 대학 입시 때 무너져 스크래치가 생기고, 취업 준비를 하면서 바닥을 치는 경험을 했다. 그 코스를 힘겹게 달려온 어른들에게는 무조건적인 열정의 강요보다, 따뜻한 온정이 더 필요한 것이다.

내가 어른이 된 것은 누군가의 바람이나 내 의지 때문이 아니기에, 이 모든 무게를 어른이란 이유로 모두 안고 가라고 강요해서는 안 된다. 실수한다고 손가락질하기 전에 본의 아니게 어른이 되어 버린 불쌍한 이들을 와락 안아 주어야 한다.

"해 봐! 해 봐! 실수해도 괜찮아! 너는 어른이니깐."

「환생 후, 아침」

처음 들었던 윤종신의 '환생'은 풋사랑의 고백처럼 촌스럽고 어수룩해 보였다. 하지만 그만큼 진실되고 순박해 보이기도 했다. 윤종신의 독특한 창법도 한몫했다. 정말 즐기듯, 유쾌하게 내뱉는 콧소리와 정확한 표준발음, 그리고 옆집 아저씨의 선한 미소가 이 노래를 더욱 감칠맛 나게 만들었다. 첫 데이트, 첫 사랑을 시작하는 설렘이 느껴지는 멜로디와 가사였다. 앨범도 구매했는데 클래식한 재킷도 마음에 들었다. 빛바랜 흑백 사진과 궁서체의 텍스트가 촌스럽지만 '환생'과 잘 어울린다 생각했다. 한마디로 나는 이 앨범에 완전히 반해 버렸다.

좋아하는 앨범을 사면 한 곡, 한 곡씩 눌러 듣지 않고, 가볍게 처음부터 끝까지 쉬지 않고 들어 본다. 전체적인 앨범의 느낌을 빨리 받아 보고 싶어서다. 급한 성격 때문에 생긴 버릇이다. 우선 전체적으로 한 번 다 듣고 난 후에 다시 한 곡씩 듣는다. 이 앨범도 그랬다. 끝까지 다 듣고 나니 이상한 점이 있었다.

타이틀 곡 '환생'을 제외한 나머지는 모두 슬픈 이별 노래다. 아이러니했다. '환생'이 얼마나 경쾌한 곡인가. 하지만 그 이후의 곡은 하나같이 이별과 그리움에 대해 노래하고 있다. 카세트테이프가 늘어질 정도로 들어서 모든 곡들을 또렷하게 기억하고 있다.

아침에 눈을 떠 습관적으로 수화기를 들었다 내려놓으며 그녀와 어제 헤어졌음을 깨닫고, 그녀의 어머니를 만나 왜 이별을 해야 하는지 설득당하는 가사들이 생각난다. 특히 테이프 B면, 첫 번째 트랙에 있는 '아침'이란 곡은 유난히 슬펐다. 가사는 이렇다.

술이 덜 깨면 머리가 아팠는데, 오늘은 가슴이 더 아프네요.
나 이제는 어떻게 하나요. 잊으려면 나도 바빠야겠죠.
근데, 오늘 따라 아무 약속 없네요.

지나친 조숙함은 미덕이 아니거늘, 초등학생이었던 나는 이 가사에 가슴 아팠고, 감정이입을 했다. '환생'과 '아침'을 연이어 듣는 것은, 마치 누군가의 사랑의 시작과 끝을 보는 것 같다. 초등학생 때 상상을 통해 감정이입을 했다면, 20대를 넘긴 지금은 공감을 통한 감정이입을 하고 있다. 내가 여전히 이 노래를 좋아하는 이유다.

20년 후, 기적 같은 일이 일어났다. 2013년 12월 겨울, 윤종신 기획사와 함께 크리스마스 공연을 한 것이다. 리허설 중, 내 바로 앞에 윤종신이 앉아 있었다.

나는 초등학교 때 구입한 '환생' 테이프를 꺼내며 사인을 요청했다. 윤종신은 손때 묻은 테이프를 보고 미소를 지었다. 그때 나는 혼자 중얼거렸다. 윤종신이 들을 정도로 크게.

"이 앨범을 다 듣고 나면 환생이 제일 슬프더라고요."

뭐 이런 녀석이 있냐는 듯 떨떠름한 표정을 지으며 아무 말 하지 않던 그. 대신 멋스러운 사인을 해 주었다. 이 앨범은 내 보물이다.

「'행인1'의 노래」

아무리 훌륭해도, 겉으로 보이는 껍데기가 화려하지 않으면 제대로 평가받지 못하는 경우가 있다. 이는 사람에게만 해당되는 것은 아니란 생각이 들었다.

하루에도 셀 수 없을 정도로 많은 음원이 쏟아져 나온다. 그 홍수 속에서 살아남으려고 저마다 발버둥치지만 좀처럼 순위는 뒤바뀌지 않는다. 시대를 잘못 타고났을 수도 있고, 단순히 운이 나쁘다고 할 수도 있다. 사실은 노래에도 그놈에 '출신 배경'이 없으면, 홀로 빛을 보기란 여간 어려운 일이 아니다. 이제는 노래 자체보다 어느 기획사에서 만들었고, 누가 불렀느냐에 따라 사람들의 주목도가 달라지기 때문이다. 소위 배경 좋고, 때깔 좋은 곡이 음원 발매와 함께 차트를 휩쓸며, 모든 스포트라이트를 받는다. 하지만 그 순간에도 팬이 아니라면 그 존재조차 모를 드라마 속 '행인1'과 같은 노래들이 조용히 배경을 채우고 있다. 엑스트라들이 든든히 뒤를 받쳐 주고 있기에 주연이 빛나는 것처럼, 인기 순위 1위는 그 뒤 2위부터 100위까지가 있기 때문에 그 존재 가치가 있는 것이다. 때로는 '행인1'이 연기력만큼은 주연 뺨치게 좋은 경우도 있으니, 이쪽을 잘 찾아보면 진짜 보석을 발견할 수 있다. 나는 이 숨은 보석 같은 '행인1'을 찾는 작업을 오래전부터 해 왔다.

'행인1'을 찾는 방법은 단순하다. 딱 세 가지 단계만 지키면 된다.

1단계, 우선 노래를 편식 없이 많이 듣는다. 이건 기본이다.

2단계, 듣다가 좋아하는 가수든, 앨범이든, 노래든 하나를 딱 찍는다. 그저 내가 좋으면 된다. 다른 사람의 평가나 인기 차트의 순위는 철저히 무시한다.

3단계, 그 노래를 부른 가수의 연대기 순으로 따라가며 듣는다. 이전에 어떤 앨범을 냈는지, 앨범 내 타이틀 곡 외에 어떤 곡들이 있는지 찾아 들어 보는 것이다. 타이틀 곡보다 훨씬 좋은 곡이 많다. 경험상, 대부분 이들이 '행인1'인 동시에 '숨은 보석'이다.

이 3단계 방법은 아주 단순하지만 정성이 많이 들어가는 만큼 시간도 많이 들어간다. 하지만 이렇게 하면, 내가 어떤 장르의 노래를 좋아하는지, 그 노래를 부른 가수가 어떤 사람인지 좀 더 깊이 알 수 있다. 또한, 주변의 다른 뮤지션들까지 묶어 주류를 잡아 갈 수 있다. 확장을 통해 내가 좋아하는 음악 영역을 넓혀 가는 것이다. 그럼 그 안에서 보석을 찾을 확률은 더 높아진다. 이런 방식으로 음악을 들으니 흩어져 있던 각각의 곡들과 뮤지션들이 서로 네트워크처럼 연결되어 있는 것을 볼 수 있게 되었다.

대학교 때부터 이 작업을 해 왔으니 이제 국내에서는 내가 좋아하는 곡들을 얼추 찾았다고 생각했는데, 오늘 숨어 있던 '행인1'을 발견했다. 하루 종일 그의 노래를 반복해 들으면서, 이런 곡을 지금에야 알았음을 한탄하며, 홀로 감탄한다. 그 노래를 시작으로, 꼬리에 꼬리를 물며 숨은 곡들이 줄줄이 걸려들기 시작한다. 이는 평소 회사에서 존재감 없이 지내던 김 아무개가 사실은 자신의 능력을 숨긴 놀라운 초능력자인 것처럼 반전이다.

"국내에도 여전히 이렇게 숨은 곡들이 있는데, 이 세상에는 아직 내가 듣지 못한 숨은 노래들이 얼마나 많을까?"

전 세계에는 대략 300여 개의 크고 작은 국가가 있으니, 나라마다 이런 곡들이 단 100곡씩만 있다 해도 나는 매일 숨은 보석들을 들으며 살 수 있을 것이다. 앞으로 언제, 어디서, 어떤 방식으로 더 숨은 행인들을 만나게 될지 모르지만, 그 우연의 순간을 간절히 꿈꾸며 오늘 발견한 이 행인과 좀 더 대화를 나눠야겠다.

오늘의 행인은 더 클래식의 '내 슬픔만큼 그대가 행복하길'이다. 꼭 이 보석을 들어 보길.

「인생이란 이름의 꿈」

어렸을 때, 아무도 없는 집에서 혼자 눈을 뜬 기억이 있을 것이다. 익숙한 공간인데 혼자 눈을 뜨면 유난히 무섭고 불안했다. 눈을 떠 방 안을 둘러보고, 거실과 부엌에 누가 있는지 귀를 기울여 본다. 한참을 집중해도 인기척이 느껴지지 않을 때 불쑥 찾아온 불안감. 그 적막이 싫어 텔레비전을 틀고, 일부러 쿵쾅쿵쾅 소리 내고 걸으며, 방마다 문을 열어젖힌다.

"엄마, 누나~!"

아무도 없는 줄 알면서도 큰 소리로 불러 본다. 중학생 누나들이 오려면 아직 한참 남았다. 창문도 열고, 냉장고 문도 열어 보고, 불편한 적막감과 싸우기 위해 부산하게 움직인다. 갑자기 엄마가 너무 보고 싶어진다.

초등학교 3학년 때, 어머니는 화장품 가게를 시작하셨다. 집에서 그리 멀지 않은 곳이었지만, 어머니를 집에서 볼 수 있는 시간은 이른 아침과 늦은 밤뿐이었다. 사실 어머니가 집에 계시지 않아도 내가 힘든 부분은 별로 없었다. 부지런하신 어머니는 아침에 밥과 반찬을 모두 준비하고, 늘 깨끗이 청소도 해놓으셨다. 우리가 먹을 간식도 잊지 않으셨다. 하지만 빈집에서 혼자 깨어났을 때의 불안감이 반복되면서, 어머니의 빈자리가 점점 크게 느껴졌다. 가족들은 내가 철이 빨리 들었다고 말하지만, 그저 또래보다 혼자 있는 시간에 빨리 익숙해진 것이다. 그래도 당시에는 어머니가 보고 싶으면 가게로 뛰어가 볼 수 있었다.

만약 시간이 많이 흘러, 어디에 가도 어머니를 볼 수 없다는 상상을 하면, 예전과는 비교할 수 없는 불안감이 든다. 서른이 훌쩍 넘은 나이지만, 여전히 그것을 받아들이기 무섭고 겁이 난다. 분명 그런 날은 올 텐데 말이다.

신해철의 '인생이란 이름의 꿈'에는 내가 느꼈던 그 불안감이 담겨 있다. 이 노래를 들으면 나 혼자만이 느끼는 감정이 아니라는 생각에 위로가 된다.

내가 슬픈 꿈을 깨어나 그대 울며 찾을 때,
그대 어느 곳에 있나요?
내가 인생이란 이름의 꿈에서 깨어날 때,
누가 나의 곁에 있나요?

「어떤 그리움」

　　이은미의 '어떤 그리움'은 나에게 특별한 노래다. 처음 이 노래를 들은 건, 초등학교 4학년 때였다. 혼자 방에서 라디오를 듣다 나지막이 흘러나오는 기타 선율에 하던 일을 멈추고 집중했다. 들려오는 목소리에 본능적으로 공테이프를 넣고 그 노래를 담기 시작했다. 도입부의 몇 마디에 매료된 것이다. 당시 나는 공테이프에 정성껏 한 곡 한 곡을 녹음해 나만의 스페셜 앨범을 만드는 게 취미였다. 이 노래를 절대 놓칠 수 없었다.

> 아직도 나에게 남아 있는 그대 모습
> 나의 마음 고요하게 해.
> 언젠가 그대는 눈물을 흘리며 내게 말했었지.
> 사랑은 슬픈 이별보다 아픈 거라고.
> 지나간 기억 속에 그대 모습 생각나 견딜 수 없는
> 혼자만의 외로움들이 나의 마음 허무하게 해.

숨죽이며, 흘러나오는 가사 마디마디에 집중했다. 1절 중간부터 녹음을 시작했는데, 2절을 모두 마치기도 전에 광고가 흘러나왔다. 슬프게도 이 노래 제목이 뭔지, 가수가 누군지 알 길이 없었다. 나는 이 토막 난 노래를 수도 없이 반복해서 들었다. 사랑의 감정이나 이별의 아픔을 겪어 보지 못한 나이였지만, 가사를 이해할 수 있었고 목소리에 담긴 그 애절함을 느낄 수 있었다.

그렇게 좋아했으니 주위 사람들에게 수소문해 보았다면 곡명을 알 수도 있었으리라. 하지만 그렇게 하진 않았다. 이 노래가 가진 신비감이 좋았고, '나만의 보물 같은 곡'이라는 환상을 깨고 싶지 않았다. 그러다 고등학교 때 노래를 부른 가수와 제목을 알게 되었다. 나는 레코드점에 가서 이은미 2집을 구입했다. 1993년도에 발매된 앨범이었다. 그날 처음으로 '어떤 그리움'을 첫 소절부터 끝까지 들을 수 있었다. 그때의 감동을 아직도 기억한다. 볼 수도 만날 수도 없던 누군가를 만난 것처럼 떨리고 설렜다. 몇 달 동안 오직 이 노래만 들었다.

한철 장사를 하는 요즘의 음악과는 다르다. 비교할 수 없는 깊이와 진정성이 담겨 있는 곡이다. 어설프게라도, 80년대 후반과 90년대 중반까지 대중가요의 르네상스를 경험할 수 있었다는 것에 감사한다. 서른이 넘은 지금까지 감성을 이야기할 수 있는 것은 모두 이때 들었던 음악 덕분이다.

짧은 일상 기록

「12월에서 1월로」

1월 1일, 0시 1분이다. 새해를 맞으면 지난 달력을 찢고 싶어진다. 벽에 걸린 달력으로 다가가 밀린 10월, 11월과 함께 12월을 시원하게 찢어 버렸다. 새로운 해의 1월이 얼굴을 내민다.

일 년은 열두 달 있고, 우리는 열두 번 새로운 달을 맞이한다. 어떤 달은 계절이 바뀌는 기적을 보여 주기도 하고, 또 어떤 달은 입학과 졸업, 모내기와 추수 등 새로운 변화를 상징하기도 한다. 하지만 다른 어떤 달보다 더 특별하고, 드라마틱한 변화가 이루어지는 달은 바로 12월에서 1월로 넘어가는 순간이다. 우리는 30일에 한번씩 새로운 달을 맞이하지만, 12월에서 1월로 넘어가는 순간만큼은 그 이전과 비교할 수 없는 변화들이 동반된다. 단순히 달력의 마지막 장을 넘겼을 뿐인데, 온 세상이 격변하는 듯 요동치는 것이다.

텔레비전에서는 각종 신상품 광고가 쏟아져 나오고, 뉴스에서는 12월 31일이었던 어제를 마치 옛 역사처럼 취급해 버린다. 증시와 경기는 반짝 호황을 누리고, 서점에는 온갖 자기계발서가 쏟아져 나온다. 전 세계 지구인은 다 같이 오늘을 새로운 출발점으로 삼으며, 대동단결하여 다가온 새해를 위해 기도한다. 불과 딱 하루가 지났을 뿐인데 말이다. 가장 놀라운 것은 우리의 마음가짐이다. 새로운 1월과 마주하며 뭔가를 해 보겠다는 의지를 다시 불태우는 것이다. 작심삼일로 끝날지라도 1월이라는 글자를 보고 있으면 몸을 추스르고 일어설 수 있다는 용기가 생긴다. 놀라운 변화다. 12월이었다면 금세 포기하고 '내가 뭐 그렇지' 하며 넘어갈 일도, 1월에는 새로운 마음으로 다짐하게 된다.

12월에서 1월로 넘어가는 이 순간만큼은, 우리 모두 용기 충만한 의욕 덩어리가 된다. 1월 1일, 우리는 변화의 중심에 있으니 뭐든 시작해 보자.

「스모킹맨」

맞은편 집에 할아버지인지 아저씨인지 좀 애매한 남자가 산다. 숱은 없지만 검은 머리를 보면 할아버지 같지는 않은데, 언뜻 보이는 주름을 보면 연배가 있어 보인다. 하지만 그는 늘 벽을 보면서 담배를 피우고 있어서 제대로 얼굴을 볼 수 없다.

더 구체적으로 그에 대해 설명하면, 그는 본인의 집 앞 담벼락을 정면으로 바라보며 담배를 피운다. 봄부터는 항상 하얀 러닝에 추리닝 바지를 입고 팔짱을 낀 채 담배를 피우며, 앉았다 일어나는 것을 반복한다. 하루는 나도 출근길에 그가 늘 서 있는, 그 자리에서 담벼락을 쳐다본 적이 있다. 담벼락 앞에는 말라비틀어진 정체 모를 잡초와 오래된 전단지만 덕지덕지 붙어 있었다. 특별한 것이 없었다.

집에 있으면 가끔씩 콜콜한 담배 냄새가 올라올 때가 있는데, 창문 너머로는 그가 같은 모습으로 있었다. 나는 창문을 닫고 밖으로 나갔다.

"저, 여기서 담배를 피우시면 저희 집으로 연기가 들어와요. 죄

송한데 다른 곳에서 피워 주시겠어요?"

　이렇게 말할 준비를 하고 나갔지만 그 남자 앞에 선 순간, 아무 말도 못하고 옆으로 지나가 버렸다. 그 남자는 코와 입이 붙어 있는 언청이였다. 어렸을 때, 친한 친구 중 한 명이 언청이 수술을 받은 적이 있다. 그래서 나는 그가 언청이라는 것을 한눈에 알았다. 그 친구는 아주 어렸을 때 수술을 했지만 흉터가 남아 초등학교 내내 친구들에게 놀림을 당했다. 나는 예상치 못한 그분의 모습에 할 말도 못하고 애꿎은 슈퍼로 들어가서 라면 몇 봉지를 사 왔다.

　담배 한 모금조차 고개 돌려 밖으로 뿜지 못하고, 담벼락만 바라보며 내뱉는 이유는 아마도 이것 때문일 것이다. 그때부터 벽을 마주하고 있는 그의 뒷모습이 유난히 작고 나약해 보였다. 선입견이 이렇게 무섭다. 나는 이 집에 이사 온 지 1년도 채 안 됐지만, 저 남자는 얼마나 오랜 시간 동안 저 벽을 보면서 서 있었을까. 괜한 오지랖과 미안한 마음에, 창문으로 들어오는 담배 냄새 따위는 신경 쓰지 않기로 했다.

「겨울 공기」

어느덧 12월이다. 올 한 해도 언제나 그랬던 것처럼 짧은 듯, 긴 듯 무덤덤하게 지나가고 있다. 한 살 더 먹는다는 한탄보다 부쩍 차가워진 겨울 날씨에 이제 뭐라도 정리해야 할 때란 생각이 든다. 시험지를 제출하기 전 마지막 검토하는 마음으로 나의 일 년을 한 걸음씩 다시 걸어 본다. 그 많았던 날들이 지금 이 순간 도무지 기억나지 않는다. 정리할 것도 별로 없다는 뜻. 애써 정리하는 대신, 굳이 새로운 각오 따위를 하는 대신, 나는 다시 찾아온 겨울과 반갑게 인사해 본다.

새벽에 집을 나설 때, 코와 입 안으로 들어오는 겨울 공기가 좋다. 계절마다 공기의 온도만 다른 것이 아니다. 그 냄새와 촉감도 다르다. 겨울은 박하사탕을 온몸으로 먹는 것처럼 시원하면서도 상쾌하다. 코끝에 걸리듯 스쳐가는 그 향, 마치 맑은 생수 냄새 같아 좋다.

어느 계절보다 나를 설레고 들뜨게 해 주는 겨울의 공기. 거기엔 드라마 〈연애시대〉의 영향도 크다. 그녀가 쌓인 눈길을 자전거를

타고 지나간다. 하얀 입김을 내뿜을 때 음악이 흘러나온다. 앙상하게 남은 나무들 사이로 걷고 있는 두 남녀도 보인다. 자신들의 아이 묘에 다녀오는 길이다. 마음을 울리는 주인공들의 내레이션까지 더해지면서 드라마 속 '겨울'은 단순한 배경 이상의 의미를 가진다. 차가운 겨울 공기가 살갗에 닿을 때의 떨림처럼, 그들은 확인하기 두려운 옛 감정과 많은 후회들을 지독하게 느끼며 상처받고 또 치유된다.

영화 〈러브 어페어〉도 내가 겨울을 좋아하는 데 한몫한다. 정확히 말하면 엔니오 모리꼬네의 음악이지만. 많은 곡들 중에서도 〈러브 어페어〉의 메인 테마는 겨울에 들으면 그 감동이 배가 된다.

지난해를 마무리하면서 다시 겨울이 온 것에 의미와 위안을 찾아본다, 추위에 약한 주제에.

「남산 고양이」

무언가 배우는 것에 큰 보람을 느낀 적이 있었다. 그때는 자격증도 따고, 관심 있는 분야를 선택해 스스로 자료를 찾아 가며 공부했다. 클래식부터 천문학, 근대사까지 다큐멘터리와 관련 서적을 보면서 스펀지처럼 흡수했다. 시험을 위한 지식 습득이 아니라, 모르는 세상을 발견하고 스스로 배움의 기쁨을 만끽하던 시절이었다. 그런 내 자신이 참 뿌듯했었다.

2007년 여름, 그날도 가방에 책을 담아 남산 도서관으로 향했다. 적당히 조용하고, 공기도 맑아, 산책하기에 제격이었다. 평소와 같이 공부를 하다 바람 쐬러 밖으로 나왔다. 도서관 앞 도로를 따라 걷고 있는데 사람들이 웅성거리는 소리가 들렸다. 그리고 도로 한가운데 까만 고양이 한 마리가 눈에 들어왔다. 자세히 보니 회색인데 온몸에 때가 묻어 검정색처럼 보이는 야생 고양이였다. 차들이 쏜살같이 지나가는데, 움직이지 않고 가만히 앉아 있었다. 결국 고양이는 달리던 승용차에 치이고 말았다. 사람들은 비명을 지르고 눈을 가리며 어쩔 줄 몰라 했다. 나도 마찬가지였다. 고양이가

숨을 헐떡이며 쓰러져 있는 그 상황에 몸이 얼어붙어 버렸다. 그러다 트럭 한 대가 한 번 더 고양이를 치고 지나갔다. 모든 것이 순식간에 일어나 버린 일이었다.

참혹한 모습을 보다 못한 어떤 아저씨가 119에 전화를 했고, 어떤 이는 도로에 나가 자동차를 막기도 했다. 그때, 한 여학생이 도로를 가로질러 걸어가, 고양이를 두 손으로 끌어안았다. 그리고 처연하게 도로 밖으로 걸어 나왔다.

일순간 조용해졌다. 팔과 옷에 피와 털이 묻었지만 신경 쓰지 않는다는 듯, 고양이를 내려놓고 잠시 서 있다가 도서관 건물로 들어갔다. 그곳에는 나를 포함해 건장한 남자들이 대여섯 명 있었다. 하지만 아무도 움직이지 못했다. 사람들의 주목을 받기도, 피범벅이 된 그 고양이를 만지기도 싫었던 것이다. 아니 애초에 고양이를 만진다는 생각조차 하지 못한 것이다.

도서관으로 돌아와, 다시 책을 펼쳤다. 글자가 눈에 들어오지 않았다. 그동안 내가 열심히 공부하며 보람을 느꼈던 옹졸한 지식들이 부끄럽고 우습게 느껴졌다. 지금도 남산을 보면, 여학생과 까만 고양이가 떠오른다.

「장례식장」

영화나 드라마, 책에서 사람이 죽는 장면을 흔하게 만난다. 그 안에서는 사람이 너무나 쉽게 죽는다. 아마도 하루 종일 텔레비전을 틀어 놓으면, 수십 명이 죽는 모습을 볼 수 있을 것이다. 전쟁 영화에서는 단시간에 수천 명의 죽음을 관람할 수도 있다.

하지만 실제로 사람이 죽는다는 것은 누군가의 인생을 좌지우지할 정도의 큰일이다. 결코 주변에서 흔히 일어나는 일이 아니다. 전 세계적으로 매 초마다 수천 명의 생명이 꺼지고 다시 태어난다 하지만, 죽음은 우리가 일상 속에서 쉽게 마주할 수 있는 대상이 아니다. 낯설고 익숙해질 수 없다.

얼마 전 지인의 아버지 장례식장에서 나는 낯선 죽음을 마주했다. 오열하는 유가족과 동료들 앞에 영정 사진이 걸려 있었고, 나는 멀찌감치 떨어져 그 모습을 바라보았다. 그 공간을 가득 채운 슬픔에 그저 숙연해진다.

이제 저 가족은 환하게 웃는 남편, 아버지의 얼굴을 다시 볼 수 없다. 내일 새 해가 뜨고, 시간이 흘러 계절이 변해도, 이제 이 세상 어디에도 그는 없다. 어딘가에 출장을 간 것도, 해외여행을 떠난 것도 아니다. 이제 더 이상 존재하지 않는다. 당연하지만, 죽음은 너무나 비현실적이다. 옆에 있던 사람을 더 이상 볼 수도, 목소리를 들을 수도 없다는 것은 무섭다. 나는 죽음을 생각하면 슬픔과 함께 두려움이 떠오른다. 다시 볼 수 없다는 두려움.

예전에 이 두려움의 감정을 느끼게 해 준 인물이 있다. 그 사람의 이름은 '정원'. 영화 〈8월의 크리스마스〉의 주인공이다. 그는 변두리 사진관을 운영하는 평범한 노총각이다. 그가 남과 조금 다른 것이 있다면, 시한부 인생을 살고 있다는 것이다. 그는 지나치게 담담히 그 사실을 받아들이고, 하루하루를 보통의 일상처럼 살아간다. 진통제와 항생제를 마치 감기약 먹듯 무던하게 삼키며, 그날을 기다린다.

그러다 술에 취해 친구에게 농담하듯 속삭인다.

"나, 곧 죽는다."

"오늘은 술 먹고 죽자!"

오늘이 어제와 별반 다르지 않은 일상인 것처럼, 죽음도 그저 남보다 조금 더 빨리 맞이하는 삶의 조각이라 생각했을까. 아니면, 이미 온몸으로 격렬하게 반항해 보고 외쳐 봤지만, 바뀌는 것이 없음을 깨닫고 마음을 놓은 것일까. 그는 홀로 남을 아버지를 위해 리모컨 사용법을 적고, 거실에 누워 해 질 녘 앞마당의 노을을 눈에 담는다. 사랑하는 이를 멀리서 바라보며 손짓을 보낸다. 결국 그는 떠나고, 남은 사람들은 다시 일상을 살아간다.

장례식장에 오면 생각나는 영화고, 인물이다. 덕분에 죽음이 비현실이며, 두려움의 대상이 되었다. 여전히 눈앞에 보이는 죽음은 정말이지 낯설다.

「희망사항」

아무런 약속 없는 주말 아침, 맘 편히 늦잠 자고 눈을 뜨니 아내가 아침밥을 준비하고 있었다. 마주 앉아 식사하며 평소처럼 일상적인 대화를 이어갔다. 자연스레 최근에 태어난 둘째 조카 얘기가 나왔다. 내가 먼저 말했다.

"나중에 우리 아이에게 좋아하는 게 하나쯤 있다면 좋겠어. 공부가 아니어도 좋아. 그걸로 오랫동안 즐겁게 살았으면 좋겠어."

아내도 고개를 끄덕였다. 나는 희망 사항을 이어 갔다.

"눈치도 보지 않았으면 좋겠어. 자신의 결정을 타인에게 떠넘기는 어리석은 짓은 하지 않았으면 좋겠어. 인생을 바꿀 수 있는 결정까지도 얼마나 많은 사람들이 남의 눈치를 보면서 하는지, 그리고 후회하는지. 우리 아이는 그러지 않았음 좋겠어."

내 말에 아내도 거들었다.

"나는 우리 아이가 지덕체 중에 체가 가장 튼튼하면 좋겠어. 남자아이든, 여자아이든 적어도 건강상의 문제로 어떤 걸 포기하거나 다른 아이들로부터 소외감을 느끼지 않았으면 좋겠어."

우리의 대화는 밥을 다 먹을 때까지 이어졌다. 아이에게 큰 것을 바라지 않는다는 말을 수시로 하며, 우리가 나누는 이야기 자체가 마치 바람직한 부모가 되기 위한, 훌륭한 자녀를 키우기 위한 마음가짐이라고 생각했다. 하지만 대화가 이어질수록 우리가 꿈꾸는 그 서너 개의 희망 사항들이 현실감 없이 입 밖으로 흩어졌다.

아이는 우릴 보며 자랄 것이다. 우리의 희망 사항은 자식이 아니라 우리가 해내야 하는 것들이다. 희망 속 그 아이는 우리 스스로 되어야 할, 늘 저 멀리 있는 이상 속 존재, 우리가 괜찮다고 위로하지만 그토록 되고 싶었던 존재인 것이다.

우리는 자신에게 주어진 시간을 좋아하며 보낼 수 있는, 스스로 결정을 내리고 행할 수 있는 몸과 마음이 강인한 사람이 되고 싶다. 그런 부모가 되어야 한다. 우리 아이를 그런 사람으로 키우고 싶으니까. 이 희망 사항을 잠도 덜 깬 부스스한 모습으로, 된장찌개 국물을 홀짝이며 떠올려 본다.

「마지막 인사」

1호선 지하철을 타고 부천에 가는 길이다. 1호선 지하철은 다른 노선보다 느려서 지나가는 간판들을 하나씩 확인하면서 갈 수도 있다. 급한 상황에는 이 거북이 지하철이 짜증나지만, 오늘처럼 여유가 있을 때는 깜깜한 터널을 달리는 다른 노선보다 훨씬 더 좋다. 음악을 들으며 바깥 풍경을 감상하고 있는데, 지하철이 어느새 구로역에서 멈췄다.

어딘선가 깔깔깔 웃음소리가 들린다. 백발의 할머니들이 웃으며 들어온다. 뭐가 그리 좋으신지 주위 사람들을 의식하지 않은 채 목청껏 웃으며 대화를 한다. 덜컹거리는 열차 소리에 지지 않으려는 듯, 목소리는 점점 커진다. 지하철 소음에 서로의 목소리가 잘 들릴지 의문이지만, 서로 꼭 부여잡은 손을 놓지 않으며 대화를 한다. 대화 속 말 한마디, 한마디를 놓치고 싶지 않은 듯, 서로의 입과 얼굴을 꼼꼼히 바라본다. 얼마나 오랜만에 만났기에 저리도 반가울까. 난 그 모습을 아무 감흥 없이 바라보다 창밖으로 시선을 돌렸다. 몇 정거장이 지나고 무리 중 몇 명이 내리려고 한다. 그러자 할머니들이 너나 할 것 없이 외친다.

"잘 가~ 우리 살아서 또 보자."

그들이 나눈 마지막 인사는 짧았다. 하지만 살아서 보자는 그 농담 섞인 인사는 할머니 무리가 모두 내린 후에도 지하철 안을 맴돌았다. 분명 농담이겠지만, 농담이 아니었다. 저 정도 나이가 되면 내일이 불확실해진다는 것을 그 인사를 통해 알았다. 그들의 하루는 우리가 사는 하루와는 성격이 다른 것이다. 당장 내일 어찌될지 모르니, 그들의 '하루'는, 자신의 '생'과도 맞물려 있다. 우리처럼 쉽게 다음에 보자는 말을 할 수 없는 것이다.

살아서 보자고 했던 그들은 어쩌면 이전 만남에서도 똑같이 말했을 것이다. 우리 살아서 보자고. 그래서 오늘의 만남이 이렇게 반갑고 서로가 소중한 것이다. 대화하는 내내 눈을 뗄 수가 없고 손을 놓을 수가 없는 정도로. 우리가 하는 많은 인사들 중에서, 다음을 기약하는 인사에는 마치 내일은 당연히 있을 거란 믿음이 있다. 내일은 우리 모두에게 똑같이 주어지는 것이 아님에도, 당연히 그럴 거라 믿고 산다. 그 믿음이 영원히 보장될 수 없다는 것을 짧은 인사를 들으며 알게 됐다.

「오천 원」

따뜻한 햇볕이 반가운 4월, 그녀는 인사동 거리를 걷다가 꽃을 팔고 있는 작은 트럭을 발견했다. 그 트럭에 앉아 있던 아저씨는 사과 한 알을 한 번에 깎아내듯 노련한 손길로 꽃을 다듬고 있었다. 늘 받기만 했던 꽃을 그날은 왠지 사고 싶었던 그녀는, 망설이듯 꽃 트럭으로 다가가 아저씨에게 물었다.

"이 꽃 한 묶음에 얼마예요? 한 다발 말고, 한 묶음이요."

현금이 얼마 없었고, 트럭에는 카드 단말기도 보이지 않았다. 아저씨는 손으로 한 묶음을 잡더니, "오천 원이오"라고 답했다.

그 한 묶음은 정말 작아 보였다. 지갑에 있던 현금은 달랑 오천 원이 전부였고, 순간 살지 말지 꽤 진지하게 고민했다. 그런 그녀를 본 주인아저씨가 웃으며 말했다.

"아가씨, 아가씨는 오천 원으로 봄을 사는 거예요."

오천 원으로 봄을 사는 것. 그 한마디에 그녀는 아무런 망설임 없이 오천 원을 냈다. 그리고 아저씨에게 봄을 건네받았다. 다시 길을 걷는 그녀의 손에는 작지만 싱그러운 봄 한 묶음이 들려 있었다.

얼마 전에 지인으로부터 들은 이야기다. 마케터로 살아가는 한 사람으로서 난, 이런 이야기를 들을 때면 머리가 아니라 가슴이 깜짝 놀란다. 수치화된 수많은 차트, 그리고 차곡차곡 쌓인 엑셀 파일들을 만지작거리다가 이내 움직임을 멈추고 마는 것이다. 한마디 말로 사람의 마음을 훔치는 신의 한 수. 작은 꽃 트럭 아저씨가 올해 내가 만난 최고의 마케터다.

지금 나에게 오천 원이 주어진다면 무엇을 살까?
아니, 무엇을 살 수 있을까?

「어디서부터 잘못된 걸까」

　　종로에서 모임이 있어 일찌감치 회사를 나왔더니 오전부터 내리던 비가 잦아들고 있었다. 도시의 매연이 비에 씻겨서인지 일찍 퇴근해서인지, 저녁 공기가 유난히 상쾌하게 느껴졌다. 덜컹거리는 지하철에서 오늘이 금요일이면 좋겠다는 생각을 했다. 그리고 치맥이 좋을까 삼겹살이 좋을까 안주 고민도 했다. 그 순간, 지독한 악취가 코를 찔렀다.

　　한 노숙자가 지하철 노약자석에 주저앉아 혼잣말을 중얼거리고 있었다. 옆에 있던 사람들에게 말을 걸기도 하고, 목소리를 높이기도 했다. 누르스름한 이빨과 허옇게 떡진 머리카락, 성별을 알 수 없는 누더기 옷을 입은 노숙자였다. 그(혹은 그녀)를 사이로 사람들은 모세가 바다를 가르듯 양쪽으로 갈라졌다. 나는 지하철이 종로 3가역에 도착하자마자 재빨리 내렸고 다른 사람들도 참았던 숨을 내쉬며 그곳을 빠져나왔다.

　　밖으로 나가는 동안, 몇 명의 노숙자들이 또 눈에 들어왔다. 마치 배경처럼 있는 듯 없는 듯했던 그들의 존재감이 오늘은 유난히 크게 다가왔다. 악취가 심해 노골적으로 코를 막고 지나갔다. 그때 나도 모르게 그들의 모습을 바라보았다. 종이 골판지를 찢어 덮고 있는 사람과 먹다 남은 컵라면 그리고 소주병이 보였다. 어디서 구했을까 싶은 배낭과 짝짝이 신발이 비에 젖었는지 벗어서 말리는 사람도 있었다.

이 사람들은 어디서부터 잘못된 걸까. 인생의 어떤 단추가 어긋나서 지금 여기에 있는 걸까.

쓸데없는 동정심도 오지랖도 아니었다. 그저 같은 인간으로서, 각자 나름의 삶을 살아가고 있는 그저 평범한 인간으로서 궁금했다. 이분들에게도 꿈 많던 10대가 있었을 것이고, 또 누군가의 자식이며 부모일 텐데…. 등 뒤에서 풍기던 악취보다 더 씁쓸하게, 더 집요하게 나를 따라온 의문이었다.

어디서부터 잘못된 걸까.

「인생의 쓴맛」

운전면허 시험을 다섯 번 떨어졌다. 그중, 필기가 세 번이었다. 초등학생도 붙는다는 워드프로세서 자격증 시험도 세 번 떨어졌다. 네 번째에 붙었지만, 커트라인을 겨우 넘겼다. 카투사에 가고 싶어 토익시험을 다섯 번이나 봤다. 커트라인 점수에 못 미쳐 지원조차 못했다. 군대 가기 전 용돈을 모아보겠다고 아르바이트를 6개월이나 했다. 번 돈은 온데간데없고, 용돈만 더 받아쓰고 갔다.

내 인생 최고의 암흑기. 남들에게 절대 말하고 싶지 않은 나의 흑역사. 무엇을 해도, 아무리 발버둥을 쳐도 끝없이 추락만 하던 시기. 2004년은 나에게 그런 해였다.

모두에게 인생의 암흑기가 있을 것이다. 미신을 믿지는 않지만, 돌이켜 보면 정말 귀신에 홀린 것처럼 모든 것이 황당하게 풀리고, 빠그라지고, 망가졌다. 아주 간단한 일조차, 내 의지대로 되는 것이 없었다. 해결까지는 바라지도 않았다. 제발 사고만 안 터지길 기도했다. 뒤로 넘어져도 코가 깨진다는 말처럼 어디로 가든 다치고, 시험은 떨어지고, 주머니에 구멍이 난 듯 돈이 흩어졌다. 내 못난 모습을 한탄하며 술을 마셔 댔다. 악순환이었다.

사실 이 암흑기가 언제 어떻게 끝났는지는 잘 모르겠다. 갑자기 찾아왔던 것처럼, 어느 순간 희미하게 사라졌다. 이때를 떠올리면, 입안에 아주 고약한 맛이 느껴진다.

"이것이 인생의 쓴맛인가?!"

인생의 쓴맛을 통해 성장한다고 하는데, 다시 맛보고 싶지는 않다. 언제 다시 올지 모를, 그 쓴맛을. 다시 온다면 이제는 좀 더 요령 있게 넘길 수 있을까?

「무서운 이야기」

정신과 감각은 또렷하게 살아있지만 움직일 수 없는 몽환적인 느낌. 보고 듣는 것은 가능하지만 말할 수 없는 상태. 가위에 눌려 본 사람은 이 느낌을 알 것이다. 나의 첫 가위는 마치 공포영화 속 한 장면 같았다.

8월의 무더웠던 오후, 방문을 열고 방바닥에 엎드려 낮잠을 자고 있었다. 점심 먹은 직후, 밀려오는 잠에 못 이겨 그대로 쓰러져 잠들었다. 아무도 없는 집 안에는 세탁기만 윙윙 소리를 내며 돌아가고 있었다. 내 영혼이 다리를 통해 발가락 끝으로 빠져나가듯, 정신이 희미해지고 순간 아찔함을 느꼈다. 그때, 누군가의 발자국 소리에 눈을 떴다. 자고 있는데 눈을 뜬 것이다. 엎드려 방문 밖 부엌을 바라보니 분주하게 누군가가 걸어 다니고 있었다. 맨발이었다. 나는 그 모습을 그냥 바라보고 있었다.

"누구지? 엄마가 벌써 왔나?"

맨발의 그 사람은 부산하게 움직이며 음식을 했다. 도마에 칼질도 하고, 뭔가를 끓이기도 했다. 나는 일어나 누군지 확인하고 싶었지만 몸에 힘이 들어가지 않았다. 목소리도 나지 않았다. 엄마냐고 물어보고 싶었는데, 아무것도 할 수가 없었다. 어느새 그 맨발이 눈앞에 다가와 서 있었다. 흙이 묻은 발을 보고 성별을 알 수 없었다. 나는 너무 무서워, 두 눈을 질끈 감았다. 온 힘을 다해 소리를 지르고, 온 몸을 비틀면서 자리에서 일어났다. 머리카락과 옷은 땀에 젖어 있었다. 나는 싸늘한 한기를 느끼며 부엌을 다시 바라봤다. 여전히 아무도 없고, 세탁기는 탈수를 마쳤다. 일단 방에서 나와 텔레비전을 켜고, 볼륨을 높였다. 흘린 땀이 식어 점점 더 추워졌다.

"이게 가위구나…"

텔레비전을 멍하니 바라보며, 손가락과 발가락을 꼼지락거렸다. 예전에 친구가 해 준 가위 이야기가 생각났다. 판타지처럼 들었는데, 현실은 전혀 달랐다. 나의 첫 가위의 장르는 판타지가 아닌, 공포였다. 눈앞에 걸어 다니던 그 흙 묻은 발이 아직도 생생히 기억난다.

「눈병」

　건강검진을 받았다. 별 생각 없이 때가 되어서 받은 검진이기에 결과를 기다리지도 않았다. 어릴 때부터 크게 아픈 적도 없었고, 흡연도 하지 않으니 몸이 안 좋을 이유가 없었다. 그냥 막연히 그렇게만 생각했다. 그런데 검진을 받고 한 달이 지났을 무렵 나에게 전화가 한 통 왔다. 검진을 받았던 병원이었다. 메일로 건강검진 결과는 보냈는데 내가 아직 확인하지 않고 있어서 이렇게 직접 전화를 한 것이라 했다. 치료가 필요한 고객이 수신확인을 하지 않으면 의무적으로 전화를 한다고 친절하게 설명했다. 도대체 무슨 일인가 싶어 메일함을 보니, 정말 병원에서 메일이 와 있었다. 그것도 한 달 전에. 사실 그때까지도 업무도 많은데 귀찮다고만 생각을 하며 첨부된 검진 결과 파일을 열어 보니 첫 장에 크게 쓰여 있다.

　안과 치료 요망.

　무미건조한 그 문구 아래로, 자세한 설명이 쓰여 있다. 블라, 블라, 블라… 결론은 왼쪽 눈에 녹내장이 의심된다는 것이었다. 30대 초반에 녹내장이라니. 어이가 없어 처음부터 끝까지 몇 번을 반복해서 읽었다. 다시 읽어도 마찬가지다. 주의 사항에 컴퓨터나 스마트폰을 장시간 사용하지 말라고 적혀 있는데, 이 순간에도 나는 이놈에 컴퓨터를 보면서 검진 결과를 읽고 있다. 돌이켜 보면 나에게 몇 가지의 적신호가 있었다. 아침마다 눈이 심하게 붓고, 컴퓨터를 오래 하고 있으면 눈이 충혈 되어 안압이 높아지는 느낌이 자주 들었다. 하지만 누구나 그럴 거라 생각했지, 저렇게 무서운 이름의 병인지 몰랐다. 검진 결과서 창을 닫고, 다시 업무를 보기 시작했지만 머릿속이 복잡했다.

치료를 하면 나아지나?

집에는 뭐라고 말하지?

녹내장이 오면, 업무는 어떻게 하지?

직업을 바꿔야 하나?

휴가를 쓰고 당장 병원에 가야 하나?

뭔가 배신당한 느낌이 들다가도 내가 참 순진하다는 생각이 들었다. 화장실에서 내 눈을 한참 들여다봤다. 갈색의 눈동자 어디에도 아픈 모습은 없는데 실감이 나지 않는다. 어떻게 해야 하나, 이 물음을 하루 종일 입에 달고 지내다 집으로 왔다. 와이프에게 말해야 하나 망설이다 곧 여행을 떠나는 사람에게 무슨 얘기냐 싶어 잠시 덮어두기로 한다. 내일은 일단 병원에 가 봐야겠다. 녹내장이라니 무슨 음식 이름 같기도 하고, 너무 낯설고 무서운 이름이다.

「입」

"저 예쁜 입으로 왜 담배를 피울까"

길을 걷다 어린 학생들이 담배를 피우는 모습을 본 어머니가 말씀하셨다. 스치듯 내뱉는 어머니의 표현에 가끔 놀랄 때가 있다. 어머니만의 화법. 그 화법은 매우 직설적이지만 솔직하고 사람 냄새가 난다. 학창 시절에는 너무 익숙해서 몰랐는데, 출가를 하고 가끔씩 그런 말들을 들으면 신선하다. 그래서 나중에 곱씹어 보곤 한다.

그래. 담배를 피우는 건 죄가 아니다. 법적으로 허용된 나이가 되면 성별에 상관없이 담배를 피울 수 있다. 그리고 꼭 나이가 되지 않더라도, 그저 우리나라에서 통용되는 사회 규범이 엄할 뿐, 담배를 피우는 것 자체가 잘못은 아니다. 그냥 본인의 기호이고 선택이다. 담뱃값도 올랐는데, 결국 본인이 결정해야 하는 문제다.

하지만 저 여리고 작은 입으로 담배를 물고 있는 건, 가슴 아픈 일이다. 신이 인간을 만들 때, 한낱 담배나 피우라고 만들진 않았을 것이다. 옹알이를 하다 힘겹게 엄마, 아빠를 처음 내뱉었던 그 입이다. 앞으로 만날 미래의 연인에게 사랑을 속삭일 입이며, 누군가에게 생명을 불어 넣을 수 있는 입이다.

그 예쁜 입으로 탁한 담배 연기를 내뿜는 건 가슴 아픈 것이다. 입은 누구나 있지만, 저마다 모양새와 결이 다르다. 나이가 들어 주름이 가득한 입이라도, 세월의 흔적을 담은 그 입이 저 담배를 물고 있는 젊은이의 입보다 몇 갑절 더 아름답다.

「메이저 리거」

장운동이 매우 활발한 친구가 있다. 그러다 보니 등교해서 처음 만나는 장소 역시 화장실 앞이었다. 유난히 부지런했던 친구는 나보다 늘 10분 먼저 와서 볼일을 보곤 했다. 딱 맞춰 도착한 나는 화장실 앞에 서서 외친다.

"야, 너 홈런 날려?"

"응!"

홈런은 우리끼리의 암호다. 언제부터였는지는 잘 모르겠다. 여하튼 우리는 '큰일'을 홈런이라고 바꿔 불렀다. 시원하고 만족스러운 배변은 홈런, 약간 찝찝하고 개운함이 덜할 때는 2루타, 변비로 고생할 때는 파울이었다. 항상 나를 놀라게 했던 것은 친구가 매번 홈런을 날렸다는 것. 그 어떤 상황에서도 이 친구는 개의치 않고 홈런을 날렸다.

남들은 긴장해서 잠을 설친다는 군대 훈련소에서도 친구는 스스로 놀랄 만큼의 거대한 홈런을 날렸단다. 이뿐 아니다. 직업상 출장이 잦았던 친구는 마치 영역 표시를 하듯 이 숙소 저 숙소에 꼭

한 번씩은 홈런을 날렸다고 한다. 그가 머물렀던 영역을 지도에 표시해 보면, 서울과 천안, 부산에 수많은 점이 찍혀 있을 것이다. 최근에는 친구가 흐뭇한 미소를 지으며 이렇게 말했다. 해외에도 그 영역이 늘어나고 있어 매우 만족스럽다고.

홈런왕 친구가 곧 아기 아빠가 된다. 다른 건 몰라도 정말 튼튼한 장을 아기에게 선물하겠지. 생각해 보니 기저귀도 남들보다 몇 배는 더 필요할지도 모른다. 나는 미래의 '메이저 리거'를 위해 기저귀를 대량 구매해 선물로 보낼 계획이다.

새해가 밝았다. 이 글을 읽고 있는 당신의 장도 올 한해 더없이 튼튼하고 건강하기를 바란다.

「투영」

저마다 '어머니'를 투영시키는 공간이 다르다.

백화점 푸드코트에서 밥을 먹고 있는데, 한쪽 구석에 어머니 나이쯤으로 보이는 아주머니가 행주를 들고 서 있다. 한 테이블이 식사를 마치고 나가자, 달려가 빈 그릇과 쟁반을 치우고 테이블을 닦는다. 그리고 다른 손님을 안내하고 다시 본래의 위치로 가서 선다. 내가 식사를 하는 30분 동안 그녀는 그 행위를 몇 번이고 반복했다. 얼마나 저 자리에 서 있었을까? 몇 시간이나 저 일을 해야, 퇴근할 수 있을까. 주제넘게 그녀의 일을 멋대로 판단했다. 사실 내가 그 모습에서 눈을 뗄 수 없었던 것은 어머니의 모습이 떠올랐기 때문이다. 그 아주머니에게서 내 어머니가 보였다.

나는 대학교 졸업 후, 대학원에 가고 싶다고 했다. 남들이 모두 사회로 나갈 때, 나는 좀 더 공부를 하기로 결심했다. 집안 살림이 넉넉하지는 않지만 부모님은 내 결정을 존중해 주셨다. 나도 쉽게 내린 결정은 아니었다. 오랜 고민 끝에 내린 결정이었다. 하지만 그 결정이 어머니를 집 밖으로 내몰았다. 내가 아르바이트를 한들,

대학원 등록비와 생활비를 감당하기엔 턱없이 부족했기 때문이다. 아버지께서 도와주셨지만, 어머니는 자신이 집에서 살림만 할 수 없다고 판단하셨다.

대학원에 입학하고, 어머니는 곧바로 대형마트의 이불 코너에서 일을 시작했다. 하루에 아홉 시간씩 서서 손님이 오면 상품을 설명하고, 물류 창고를 뛰어다니며 물건을 채워 넣는 일이었다. 내가 아는 업무는 이 정도지만, 더 험한 일도 많았을 것이다. 수업이 끝나고 늦은 시간 집으로 돌아가면 탱탱 부운 종아리를 주무르며 드라마를 보며 웃고 계시는 어머니가 보였다. 그 모습이 지금도 내 눈 안에 그렁그렁 담겨 있다. 그래서 다시 떠오를 때마다 눈물이 난다.

저마다 어머니를 추억하는 공간이 다를 것이다. 수없이 많은 사람들로 붐비는 백화점에서 나는 그 아주머니를 보며, 4년 전 어머니를 보았다.

「상식」

지하철을 타고 집으로 가는 길. 잠이 들 듯 말 듯, 눈을 감고 이어폰 속 음악을 힘없이 부여잡고 있었다. 그러던 중, 어디선가 짜증 가득한 목소리가 들렸다. 바로 옆에 앉은 여자가 전화로 말다툼 중이었다. 나는 음악 볼륨을 서서히 낮추고 귀를 기울였다. 좋은 구경거리다.

"그래서 뭘 어떻게 하라고! 너는 상식이 없어?!"

주위 사람의 시선을 의식하는지 손으로 애써 가리며 통화하고 있지만, 이미 조절할 수 없을 정도로 화가 나 있다. 나는 눈을 감고, 그 싸움을 경청했다. 앞으로 가야 할 역도 많고, 심심하던 차에 잘 걸렸다. 듣다 보니 이 커플의 상황이 대충 그려졌다. 이들은 방금 만났다 헤어졌다. 만난 지 30분 만에 싸우고 헤어졌고, 남자는 자기는 잘못이 없다고 끝까지 억울해하는 듯했다. 여자는 그 모습에 더 화가 났다. 뻔한 상황이었지만, 듣고 있으니 재미있었다. 그러다 여자가 다시 한 번 외치며 전화를 끊는다.

"넌 정말 상식이 없어! 친구들한테 물어봐. 누가 잘못한 건지!"

여자의 외침 덕분에 우리 칸의 사람들도 일순간 조용해졌다. 나는 이어폰의 음악 소리를 조금씩 키우며 자는 척했다. 다음 정거장에서 여자가 내렸다. 사람들도 쑥덕쑥덕 이야기를 하며 웃는다.

예전에 아내가 나에게 이런 말을 했다.

"세상에 100명의 사람이 있으면, 100가지의 상식이 있는 거야."

저 커플에게 이 말의 의미가 귀에 들어올 리 만무하지만, 어느 정도의 경험과 시간이 쌓이면 그들도 분명 알게 될 것이다. 나와 아내도 결혼 전에는 하루가 멀다 하고 다투고, 서로 상처되는 말들을 해 댔다. 그때는 서로의 상식에 맞추기를 바랐고, 마음대로 안 되면 내가 희생한다고 여겼었다. 답답함이 쌓이고 상처가 깊어질 때쯤, 우린 다행히 한 가지 답을 찾았다. 너무 늦지 않게 찾았기 때문에 결혼도 할 수 있었다고 생각한다. 답은 생각보다 간단하다.

상대의 상식을 인정하는 게, 바로 상식이라는 것을.

간단하지만 결코 쉽지 않다. 우린 암묵적으로, 그래야만 오랫동안 함께할 수 있다는 것을 직감했다. 그때 우리가 찾은 이 답을 다른 커플도 참고하길 바란다.

「수화통화」

　스마트폰에서 거의 사용하지 않는 기능이 있다. 바로 영상통화다. 3년 넘게 스마트폰을 쓰고 있지만, 영상통화를 한 적은 거의 없다. 장거리 연애를 하지도 않았고, 멀리 떨어져 살고 있는 가족도 없다. 영상통화를 하지 않는 이유가 단지 환경 때문만은 아니다. 간혹 지하철이나 공공장소에서 영상통화를 하는 사람들을 보면 불쾌하고 못마땅하다. 볼륨을 키우고 손을 흔들며 옆 사람들까지 통화 속 배경으로 끌어들인다. 지하철에서 영상통화를 하는 사람들에 대한 선입견이 생겼다. 주위 시선에 아랑곳하지 않고 마치 자기네 안방인 것처럼 행동하는 막무가내 사람들. 그들이 느끼건 말건, 볼 때마다 노골적으로 불쾌하단 시선을 보낸다.

　그날도, 맞은편에 온갖 제스처로 영상통화를 하는 아저씨가 보였다. 한심하단 생각을 하려던 차에 신기할 정도로 조용하단 걸 알았다. 다시 보니 그는 수화로 통화를 하고 있었다. 상대가 누구인지는 모르지만 변화무쌍한 표정과 손짓으로 수화를 하고 있었다. 주변 사람들도 신기한 듯 쳐다보고 있었다. 그 수화를 하는 아저씨의 모습이 즐거워 보였다.

그 모습을 한동안 지켜봤다. 내 시선을 의식하지 못하도록 자연스럽게. 나에게 불필요하고, 불쾌함의 상징인 영상통화가 그에게는 누군가와 대화할 수 있는 훌륭한 수단이었다. 내 스마트폰의 영상통화 버튼을 내려다보면서, 나도 언젠가 이 버튼이 간절해질 수도 있겠다는 생각을 해 본다. 사람의 일은 모르는 거니까.

몽상가들

「Control Z」

나는 하루에 평균 7시간 정도 컴퓨터를 한다. 대부분 업무와 관련된 일로 보고서나 기획서를 만들 때, 엑셀이나 파워포인트를 사용한다. 주중에는 회사에서, 주말에는 집에서도 작업을 하니 거의 매일 컴퓨터와 함께 생활한다고 볼 수 있다. 작업 중에는 단축키를 자주 쓰는데 그중에서 가장 많이 사용하는 것은 바로 Control Z 이다. 텍스트나 이미지 작업 중 실수하면, 이전으로 되돌릴 때 쓴다. 이것이 얼마나 요긴한지 아는 사람들은 모두 공감할 것이다.

얼마 전, 손가락에 익숙한 이 단축키를 현실에서도 두드리는 경험을 했다. 결혼식에 갈 준비를 하다 잘 다려 놓은 셔츠 위로 마시던 미숫가루를 쏟고 말았다. 다른 것도 아니고 미숫가루라니. 바로 물로 씻어 봤지만 이미 늦었다. 나는 머릿속으로 Control Z를 생각했다. 그 순간 시간을 되돌리고 싶은 마음이 얼마나 간절했는지, 나도 모르게 단축키를 떠올린 것이다. 만약 현실에서도 이 단축키가 작동하면 얼마나 좋을까. 가능하다면 이렇게 미숫가루 묻은 와이셔츠를 원래대로 되돌리는 수준이 아니라, 정말 절박한 순간에 써야 할 것이다. 어쨌든 이루어질 수 없는 일이니 나는 이 와이셔츠를 다시 빨아야 한다.

손으로 와이셔츠를 빨다가 문득 Control Z는 단순한 학습 효과가 아니고, 나름의 발악이란 생각이 들었다. 이제는 뜻대로 되는 것이 없다. 나이가 들고, 사회생활을 하고, 사람들과의 관계가 많아질수록 자유롭기보다 자꾸 지켜야 할 규칙과 제한만 생겨난다. 마치 스스로 결정하고, 뭔가를 해결할 수 있는 능력을 점점 잃어 가고 있는 기분이다. 그러니 이렇게 Control Z를 머릿속에서 떠올리는 걸지도 모른다.

「심해 공포」

누군가 나에게 이 세상에서 가장 무서운 것에 대해 물으면, 바다가 떠오른다. 심해, 추위, 어둠, 추락 등의 공포가 연상된다. 깊은 강이나 짙은 바다의 그림만 봐도, 그 안으로 빠질 것 같은 아찔함이 느껴진다. 때문에 바다에 가도 물속에 들어가지는 않는다.

나의 이 공포는 초등학교 때부터 시작되었다. 작은 아버지를 따라 노량진 수산 시장에 갔다. 내 키를 훨씬 뛰어넘을 듯한 대왕 오징어와 은빛 갈치, 기괴한 모습의 대게, 외계인 같은 가오리까지… 거대 물고기들이 사방에 있었다. 사실 그들 자체가 무서웠다기보다, 칠흑같이 어두운 심해에서 까만 동공으로 초점 없이 뭔가를 응시하고, 날카로운 지느러미를 휘저으며 움직이는 모습을 상상하니 등골이 오싹해졌다. 이들은 잡히기 직전까지 저 바닷속을 활개치며 다녔을 것이다. 만약 내 다리를 촉수와 비늘로 훑고 지나가고, 어느 순간 내 몸통을 부여잡고 심해로 끌고 들어간다면! 상상만 해도 소름이 끼쳤다.

상상이 계속되면서 바다는 나에게 무서운 공간이 되었다. 어두

운 바닷속에는 모든 것을 얼려 버릴 추위와 어둠만이 존재할 것 같았다. 그러니 절대 빠져서는 안 된다. 텔레비전에서 본 심해의 모습은 나의 상상을 보다 현실적으로 만들어 주었다. 바다에 빠지면 마구 허우적거리다 점점 바닥까지 추락하겠지. 바닥의 끝이 존재하지 않을 수도 있다. 끊임없이 추락하다 결국 지구 반대편으로 나와, 우주 밖으로 쏟아져 나갈 수도 있다. 심해에서 만난 생물들에게는 감정이란 것이 존재하지 않을 것이다. 추락하는 동안, 정체 모를 생명체와 눈이 마주쳐도 그들은 그저 침묵할 뿐이다. 그리고 이렇게 중얼거릴지도.

"이런, 또 한 녀석이 떨어지는군. 앞으로 하루 이틀은 더 떨어져야 바닥과 만날 거야."

심해에 대한 공포는 관람한 SF 영화의 편수가 늘어날수록, 스케일도 점점 커졌다. 상상력이 만들어 낸 허상일지라도, 이미 나에게 바다는 무섭고 두려운 존재이다. 만약 스스로 죽을 곳을 정하라 한다면 바다만큼은 피하고 싶다, 진심으로.

「나이 다이어트」

"언제 나이 드는 것을 느껴요?"

오랜만에 만난 동생이 물었다. 얼마 전 한 인터넷 사이트에 가입했을 때가 떠올랐다.

"음… 사이트에서 회원 가입을 하는데, 생년월일 체크하는 바에서 내가 태어난 연도가 저 아래 있는 것을 보니 실감나던데."

내가 더 이상 20대가 아니라는 것, 그리고 어느 무리에 들어가도 더 이상 막내가 아니라는 것에 익숙해졌다. 이미 여기저기서 세대 차이를 실감하는 신호들이 감지되고 있다. 인터넷에서조차 마우스로 한참 내려가야, 내가 태어난 해를 찾을 수 있다니. 이것은 단순히 요즘 아이돌 이름을 모르는 수준이 아니다. 싫고 나쁘고의 문제도 아니지만, 이 상실감은 어찌할 도리가 없다.

나이를 먹는다는 것은, 새로운 누군가에게 1년에 한 번씩 내 자리를 내주는 느낌이다. 오늘의 자리를 내년엔 한 살 어린 이들에게 양보해야 한다. 양보라는 표현이 잘못된 것일 수도 있다. 모두가 이런 행위를 매년 반복하고 있으니 긍정적으로 생각하기로 했다. 앞으로도 매년 양보하다 보면, 내가 태어난 1983년은 먼지 수북한 옛 과거가 될 것이다. 나에게 60년대가 흑백사진 속의 유물처럼 느껴지듯.

나이 먹는 데에는 이렇게 '상실'과 '양보'가 함께 숨어 있다. 10년 후에는 내가 이를 덤덤하게 받아들일 수 있을지 잘 모르겠다. 하루하루 쏜살같이 지나가는 시간의 속도를 온몸으로 체감하는 요즘, 시간 다이어트라도 하고 싶은 심정이다. 한 끼 거른다고 티는 안 나겠지만 이렇게 쉬지 않고, 속절없이 나이 먹고 있는 현실이 그저 속상할 뿐이다.

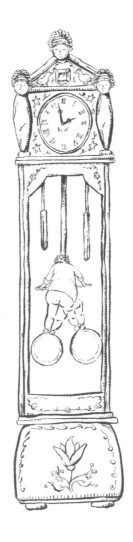

「뇌 청소하는 날」

욱하는 성격을 나름 고쳤다고 생각했는데 그 성격이 어디 가지는 않나 보다. 오늘 하루 내 입에서 육두문자와 염병이란 추임새가 끊이질 않는다. 이유는 잘 모르겠다. 그냥 온종일 일이 손에 잡히지 않는다. 지치고 힘이 빠지고 만사가 귀찮다. 너무 짜증이 나, 여기저기서 들리는 키보드 소리에도 멀미가 날 지경이다. 시시덕거리는 사람들도 거슬린다. 저들은 뭐가 그리 좋아 저렇게 아침부터 웃음이 나올까? 만약 매일이 이렇다면 미쳐서 제명에 못 죽을 정도다. 어느 날 불쑥 찾아오는 이 출처 없는 짜증과 무기력증. 머릿속에 먼지가 수북이 쌓인 것처럼 답답하고 무겁다. 그 묵직함이 느껴지자, 머릿속을 청소하고 싶다는 생각이 들었다. 지금 당장 뇌를 꺼내 청소하고 싶다.

우선 머릿속에서 새빨갛게 달궈진 뇌를 꺼내, 얼음 동동 띄운 시원한 물속으로 투입한다. 치이이익. 날카로운 소리와 함께 뿌연 수증기가 피어오른다. 다음은 수세미와 가는 솔로 뇌 주름 구석구석 껴 있는 먼지와 짜증을 벗긴다. 작은 조각도 남김없이 벗겨지면 흐르는 물에 뽀드득뽀드득 깨끗이 씻고 물기를 탈탈 털어, 짱짱하게 내리쬐는 햇볕에 온종일 널어놓는다. 뇌가 마르는 동안 옆에서 낮잠을 잔다. 머리가 텅텅 비고, 바람도 솔솔 불어와 아주 시원하다. 언덕 너머, 저 멀리서 들리는 자동차 경적 소리가 자장가처럼 느껴진다. 코를 골며 늘어지게 꿀잠을 잔다. 황혼에 온 세상이 노랗게 물들 때쯤 뇌가 다 마를 것이다. 다음 날 기지개를 펴며, 몽롱한 채로 눈을 뜬다. 깔끔하게 잘 마른 뇌를 가지런히 머릿속에 넣고, 단단히 고정시킨다. 뇌에서 보낸 신호가 내 발끝까지 문제없이 잘 전달된다. 이렇게 뇌 청소는 마무리된다.

뇌 청소. 생각만 해도 기분이 좋다. 회사 동료들은 내가 이런 생각을 하는지 상상도 못 할 것이다. 하지만 현실의 나는 여전히 씩씩거리면서 컴퓨터 앞에 앉아 있다.

"염병, 제발 오늘은 날 그냥 둬요."

「한밤의 수학공식」

밤 아홉 시가 되면 집 근처 공원을 달린다. 작지만 달리기에 아주 좋은 공원이다. 100미터마다 표시가 되어 있고, 바닥이 적당히 푹신해서 오래 뛰어도 무릎이나 발목에 무리가 없다. 거기에 적당한 조명, 지압 코스, 각종 운동기구들이 오밀조밀 모여 있어 동네 주민들로 항상 붐빈다.

공원을 한 바퀴 돌면 대략 600미터인데 나는 보통 열 바퀴를 도니, 매일 6킬로미터를 뛰는 셈이다. 작정하고 땀 흘릴 생각이라, 늘 긴팔 티셔츠에 두꺼운 후드티를 입고 달린다. 다섯 바퀴쯤 돌면 이미 옷은 땀으로 흠뻑 젖고 숨은 턱까지 찬다. 그동안 내 몸을 얼마나 방치했는지 실감하게 된다. 운동을 하는 가장 큰 이유는 역시 다이어트지만, 체력을 높이기 위함이기도 하다. 바쁜 회사 일을 핑계로 운동을 게을리했더니, 단순히 체력만 떨어진 것이 아니라, 체형도 점점 변했다. 군살 따위 없는 마른 몸이었는데, 이제는 여기저기에 못 보던 살들이 붙었다. 그저 나잇살이라고 받아들이기에는 너무 무책임하다는 생각이 들어 다시 운동하기로 마음먹었다. 헬스

장보다 공원에서 달리는 것이 더 좋은 이유는 사람들을 구경하는 재미가 있어서다. 함께 운동하는 사람들을 관찰할 수 있다. 수다를 떨며 경보를 하는 아주머니 두 분, 큰 헤드셋을 끼고 팔을 앞뒤로 힘차게 흔드는 여학생, 의욕이 앞서 혼자 달려 나가는 중학생, 두툼한 뱃살을 흔들거리며 뛰는 중년 아저씨까지. 함께 뛰다 보면 말하지 않아도 서로가 서로를 알아보기 시작한다. 격려하듯 앞서거니 뒤서거니 하는 우리 모습이 귀엽다.

그러다 자연스레 이런 생각이 들었다. 저 아주머니들이 한 바퀴 돌 때 나는 두 바퀴 반을, 저 여학생이 한 바퀴 돌 때 나는 두 바퀴를 돈다. 뛰는 동안 머릿속으로 이런 계산을 한다.

'음, 내가 열 바퀴를 돌면 총 6킬로미터이고, 대략 50분 정도가 소요되니, 내 속도는 1.2m/s이고, 저 여학생의 속도는… 아니, 이건 수학 시간에 배웠던 열차의 도착 시간을 알아내는 문제!'

학창 시절 때는 도대체 이런 문제를 왜 풀어야 하는지 불만이었다. 달력과 운행 시간표를 보면 될 것을 왜 쓸데없이 문제를 만드는지. 우리가 왜 달리는 열차의 속도와 찢어진 달력의 날짜를 맞춰야 하는지 도무지 이해할 수 없었다. 그런데 10년이 훌쩍 지나 동네 공원을 돌면서 이런 생각을 하고 있다니. 뭐든 배우면 언젠가 쓸데가 있나 보다.

「인간탐구」

한 번에 한 가지 일에만 집중하는 편이다. 동시에 두 가지를 못한다. 대신 그 한 가지에 집중했을 때는 옆에서 아무리 시끄럽게 떠들어도 듣지 못할 정도로 몰입한다. 연애도 공부도 어떤 것에도 그러했다. 그건 어렸을 때나 지금이나 마찬가지다.

그래서일까. 사랑 후에 오는 이별에도 꽤나 집중력을 발휘했다. 대학교 1학년, 처음으로 이성에게 고백을 하고, 사랑을 시작하고, 이별을 했다. 이 일련의 과정이 불과 3개월 안에 일어났으니, 그 끝이 좋았을 리 만무했다. 생애 첫 이별의 시간은 나에게 유난히 혹독했다. 단순히 힘들어서가 아니라 그때의 감정에 지나치게 집중했기 때문이다. 슬픔, 미안함, 후회, 부끄러움, 분함까지 복잡하게 얽힌 감정들을 하나하나 집중해서 느끼고, 하나하나 아파했다.

현재, 이별 노래 가사나 멜로 영화 속 인물에게, 평균 남성 이상의 감정이입을 할 수 있는 건 이때의 집중력 있는 학습 덕분일 것이다. 분명한 것은 그로 인해 누군가를 공감할 수 있는 감성의 대역폭이 늘었고, 결과적으로 나에게 여러모로 도움이 되었다. 나는 이

이로운 집중력을 좀 더 넓은 영역에서 활용하기로 마음먹었다.

그것은 바로 '인간탐구'다.

일단 호기심을 자극하는 사람을 만나면, 그 사람을 집중력 있게 따라간다. 스토커가 아니다. 그 사람의 말투와 행동, 태도 등을 본다는 의미다. 내가 처음에 왜 이 사람에게 호기심을 느꼈는지 '유별난 집중력'으로 끈질기게 따라가 그 매력을 찾아본다. 그리고 그 매력이 내 것으로 습득할 수 있는 성질의 것인지 아닌지 고민하고, 가능하다면 내 것으로 만들기 위해 노력한다. 자기 계발을 위한 생산적인 의미가 아니라, 단지 그 매력이 갖고 싶어서다.

인간탐구를 통해 누군가의 매력을 발견하고, 훔치는 건 생각만 해도 멋진 일이다! 실제로 그 사람의 '매력'이 나에게 스며들든 그렇지 않든 상관없다. 탐구의 대상이 된 사람에게도, 그이에게 집중한 나에게도 전혀 나쁠 것이 없는 이 행위. 나는 과정 자체가 재미있다. 그리고 지금, 내 집중력은 당신을 향해 있다.

「생(生)의 경계」

"죽기 위해 사네." 나는 횟집 큰 수족관 안, 너절한 잿빛 몸뚱이와 검은 눈들을 보며 말했다. 아름다움과는 거리가 멀어 보이지만, 사람들은 그들을 탐닉한다. 수족관과 나와의 거리는 1미터 남짓이지만, 그들과 내가 있는 공간은 너무나 다르다. 인간이 멋대로 만들어 놓은 생(生)의 경계는 그렇게 잔인하다.

그들은 도마 위에서 생을 마칠 것이다.

어릴 적, 집에서 기르던 어항 속 금붕어는 비교적 나와 동등한 공간에 있었다. 부지런한 어머니 덕분에 깨끗하고, 풍족한 환경에서 살았다. 그리고 그들과 나는 함께 컸다. 내 키가 커진 만큼 그들의 비늘 색은 선명해지고, 반점의 크기도 점점 커졌다. 마치 병풍속 수묵화처럼 거실에 항상 그들이 있었다. 하지만 그 동등한 관계는 길지 않았고, 어느 순간 내 기억 속에서 사라졌다. 어디로 갔는지, 언제까지 함께 지냈는지 기억이 나지 않는다. 그들의 생은 기억속에서 그렇게 끝났다. 생의 경계는 이렇게나 허무하고 제멋대로다. 그래서 무섭다.

「꿈꾸는 어른 I」

회사 대표와 식사 중 꿈 이야기가 나왔다. 주제는 현실의 일이 꿈에 그대로 나타난다는 것이었다. 밤새 설계도 작업을 해서 겨우 마감일을 맞췄는데 눈을 떠 보니 꿈이었던 일, 발표를 앞두고 집에서 일찍 일어나 지하철을 타고 회사에 도착했는데 눈을 떠 보니 방안에 여전히 누워 있던 일 등. 모두 현실 속 스트레스와 고민이 꿈속에 고스란히 반영된 것들이었다. 나는 이런 꿈을 자주 꾸는 편이다. 현실에서 보았던 어떤 대상이나 경험, 고민이 꿈속에 그대로 투영되는 것. 나는 이것을 '꿈 반영도'라고 이름 지었다. 나는 이 꿈 반영도가 매우 높은 사람인 것이다. 남들도 나와 같은 줄 알았는데, 그렇지만은 않나 보다. 영화 〈물랑루즈〉를 보던 날 밤에 여주인공 니콜 키드먼이 내 꿈에 등장했었다. 쓸모없지만, 놀라운 능력이다. 그런데 요즘 꿈 반영도를 뛰어넘는, 초현실적인 꿈을 꾸기 시작했다.

배경은 현기증이 날 정도로 높은 빌딩과 그 빌딩만큼 키가 큰 나무들이 가득한 도시다. 빌딩들 사이로 창백한 구름이 보이고, 햇빛

이 그 틈 사이를 내리쬔다. 도시는 분주하게 오가는 차들로 복잡하다. 저 멀리 스카이라인이 흔들리기 시작한다. 지진이 난 것처럼 도시 전체가 흔들린다. 지진과 비슷하지만 지진은 아니다. 하지만 사람들은 전혀 느끼지 못하고 유유히 길을 걷는다. 나는 몸을 뒤로 젖혔다. 도시 전체가 한눈에 들어온다. 도시 전체는 흔들리고 있다. 나는 하늘을 날아, 더 멀리서 도시를 내려다본다. 그러자 한눈에 모두 담기 어려울 정도로 큰 코끼리가 보인다. 도시는 이 거대한 코끼리의 배를 둥글게 싸고 있었다. 누군가(혹은 신이)가 코끼리의 배에 도시를 만든 것이다. 거대한 코끼리가 그 육중한 몸을 흔들며 내달릴 때, 도시 전체가 그렇게 흔들리는 것이다. 하지만 그 안에 살고 있는 사람들은 전혀 느끼지 못한다. 나는 그 묵직한 진동을 느끼며 잠에서 깼다. 도대체 이건 무슨 꿈인가. 눈을 뜬 후에도 한동안 멍하니 천장을 봤다.

"뭐지? 이건 뭐지?"

후다닥 일어나, 이면지에 그림을 그렸다. 그림 그리기를 좋아하는 사람의 장점이다. 본 것을 빨리 남길 수 있다. 꿈속의 코끼리와 도시의 모습을 생생하게 기억할 수 있는 것은, 이렇게 그림으로 남겨 놨기 때문이다. 내 꿈은 현실을 넘어, 이제 SF로 장르를 바꾼 것 같다.

「꿈꾸는 어른Ⅱ」

꿈 이야기 하나 더. 새벽 세 시. 번쩍 눈을 뜨고 천장을 바라본다. 베토벤이 악상이 떠오를 때 이랬을까? 벌떡 일어나 이면지를 찾아 스케치를 했다. 워낙 꿈도 많이 꾸고, 꿈속에 기괴한 이미지가 자주 등장한다. 이것은 그 이미지들을 가능한 오래 기억하기 위한 몸부림이다. 이렇게 그린 그림들을 어디에 쓸지 구체적인 계획은 없다. 언젠가 웹툰 작가가 되면 활용하고 싶다는 생각은 있다. 어쨌든 제법 괜찮은 이미지를 남긴 날이다.

나는 해변에 서 있다. 작은 배나 섬조차 눈에 걸리지 않는, 광활한 바다. 바다는 마치 눈이 쌓인 것처럼 새하얗다. 발자국을 남기며 앞으로 걸어갈 수 있을 것만 같았다. 나는 무언가에 이끌리듯 바다에 걸어 들어간다. 바닷물의 온도가 느껴지지 않는다. 나는 천천히 더 깊이 걸어 들어간다. 눈을 질끈 감았다가 떠 보니, 내 몸은 이미 바닷물 속이다. 바닷속을 유영하며 관찰한다.

바닷속은 밖과 전혀 다른 모습이다. 붉은 잉크를 풀어놓은 것처럼 온통 빨갛다. 탁한 핏빛이다. 무섭다기보다 경이롭다. 한참을 바라보다 수면 위를 올려다본다. 바닷속에서 올려다본 수면은 여전히 새하얗다. 흰색과 붉은색의 대비가 아름답다. 순간, 수면에서 수없이 많은 거미가 흰 줄을 타고 바닷속으로 일제히 쏟아져 내려온다. 눈앞에서 수 천, 수 억 마리 거미가 비 오듯 쏟아지는 모습이 매우 놀라웠다. 하얀 수면은 무수히 많은 거미들이 쳐 놓은 거미줄이었다. 그 거미줄들이 서로 뒤엉켜 눈처럼 뭉쳐 있었던 것이다.

이면지에 스케치하며, 생각한다. 요즘에 꾸는 꿈은 도통 해석하기 힘들다. 이제 SF 장르를 넘어, 판타지로 가고 있다.

「해가 길어지는 계절」

　　.

　　해가 길어지는 계절이 되면, 하루가 좀 더 길어진 기분이 든다. 저녁 일곱 시의 창문 밖 풍경이 지난주와는 확연히 다르다. 아직 오후처럼 밝은 하늘은 칼퇴근을 앞둔 직장인들에게 머쓱함을 주고, 술자리 사람들에게는 느긋하게 마실 여유를 준다. 길어진 해는, 우리가 무언가를 좀 더 할 수 있도록 돕는 일종의 보너스 타임이다.

　　나는 오늘 그 보너스 타임을 집에 걸어가는 시간에 투자하기로 했다. 대학로에서 목동까지 걸으려면 얼마나 걸릴까? 대략 두 시간 반에서 세 시간이 걸린다. 더운 초여름 날씨에 미친 짓 같지만, 이번이 처음은 아니다. 지난가을, 한 차례 도전한 적이 있었다. 그때는 여의도에서 포기하고 지하철을 타고 말았다. 하지만 이번에는 하늘도 이렇게 밝으니 가능할 것 같다. 일단 걷기 시작했다.

　　머릿속에 지하철 노선도를 그리고 역을 따라 그냥 걸었다. 종로 3가쯤 오면 5호선 라인을 따라 방향을 잡는다. 핸드폰 배터리도 90퍼센트 이상 있으니 가는 내내 음악이 끊이지 않을 것이다. 날씨가 더운 감도 있지만 바람도 제법 불기 때문에 걷기에는 정말 최적

의 조건이다. 나는 쉬지 않고 마포까지 걸었다. 해가 한강의 수평선에 걸려서 서서히 잠길 준비를 하고 있었다. 저녁노을 깊게 내려앉은 마포대교를 지나 계속 걸었다.

발바닥에서 적색 경고가 울리고 있었지만, 무시하고 계속 걸었다. 내가 이렇게 걷는 것은 시간을 때우거나, 운동의 목적이 아니다. 나만의 시간을 갖기 위해서다. 하루 종일 사무실에 앉아 있으면 '생각'이란 것을 할 수가 없다. 미팅과 회의, 보고, 전화 통화 등으로 바빠 내 '생각'이란 것을 할 여유가 없는 것이다. 그런데 이렇게 해가 길어지니, 나만의 시간이 생긴 것 같아, 걷기로 했다. 버스나 지하철은 안 된다. 분명 스마트폰으로 SNS를 하는 데 시간을 써버릴 것이다.

하루를 전력 질주하고, 방전이 되어 집에서 뻗어 버리는 날이 반복되면서, 점점 생각하는 법을 잃어 가고 있다는 불안감이 들었다. 한마디로 나날이 바보가 되는 것이다. 길어진 하루 덕분에 나는 무뎌진 머릿속 태엽을 돌릴 시간이 생겼다. 그동안 못했던 기름칠도 하고 거미줄도 제거하고 몇 번씩 이리저리 돌려본다. 돌릴수록 지금 이 시간이 얼마나 소중한지 깨닫게 된다.

그렇게 세 시간을 걸어 목동에 도착했다. 그리고 일을 그만둘 수도 있다는 생각을 처음으로 한다. 진지하게.

「전지적 강아지 시점」

　강아지의 시선에서 인간은 어떤 모습일까. 갓 태어난 강아지의 눈에는 모든 것이 낯설고 신기하겠지만, 그중에서 인간은 단연 으뜸으로 신기한 종족일 것이다. 전지적 강아지 시점으로 바라보자.

　인간은 초록색을 좋아한다. 초록색을 보면 멈춰 있던 무리가 일제히 이동한다. 커다랗고 둥근 돌집(야구 경기장)에 수천 명이 모여 정체 모를 소리를 낸다. 큰소리로 화를 내기도 한다. 그리고 서로 반갑다고 손을 포개어 흔들거나(악수), 양손을 후려치며(박수) 요상한 춤을 추기도 한다. 또 이 인간들은 매일 어딘가로 간다. 정해진 시간에 일어나 꼬박꼬박 나가서, 밤이 되어야 돌아온다. 돌아오는 시간은 불규칙하다. 그리고 밖에 나가면 다들 손에 뭔가를 들고 다니는데, 그것만 들여다보며 걷는다. 몸에는 저마다 다른 형형색색의 천 쪼가리를 걸치고 있는데 이를 통해 암수를 구별할 수 있다. 그리고 밤이 되면 우리처럼 길에서 자는 인간도 종종 발견된다. 이들은 가까이 가서 물거나 할퀴어도 아무런 반응이 없다. 아침이 되면 알아서 일어나 다시 어딘가로 유유히 돌아간다.

신기한 것은 또 있다. 추운 날씨가 되면 완전히 새로운 모습으로 변신한다. 두꺼운 천과 털 뭉치로 몸을 싸맨 모양이 머리, 몸통, 다리로 3등분 되어 곤충과 비슷하다. 평상시보다 느린 속도로 움직이며 밖으로 나오는 것을 극도로 두려워한다. 마지막으로 가장 놀라운 것은 인간의 아이들이다. 태어난 지 9~10년이 되었을 때 전투력이 가장 높다. 성인 인간도 가뿐히 제압한다. 어디든 몰려다니는 습성이 있으며, 극단적으로 감정을 표출하고 매우 시끄러우면서 무자비하다. 개인적으로 가장 피하고 싶은 인간 유형이다.

그래도 인간에게는 귀여운 면도 있다. 우리가 꼬리를 흔들면 무척이나 좋아한다. 이게 뭐라고.

「날씨 DNA」

특정 날씨를 좋아하게 되는 유전자가 있을까? 나는 어머니 덕분에 이런 의문을 갖게 됐다. 어머니는 비 오는 날씨를 유독 좋아하신다. 본인이 아주 어렸을 때부터 그랬다고 하니, 특별한 사연이 있어서 그러신 것 같진 않다. 이유는 이러했다. 비가 오는 날이면 북적거리고 바쁘게 돌아가던 세상이 조용해지고, 창가를 두드리는 빗소리에 마음이 편안해진다고 하셨다. 이는 보통 비를 좋아하는 사람들의 공통된 이유다. 비가 오면 비상소집을 걱정하던 공무원 아버지와는 많이 다르셨다.

재미있는 건 나도 어머니처럼 비를 아주 좋아한다는 것이다. 기억이 나지 않지만 어렸을 때 내가 늦잠을 자면, 어머니께서 나를 이렇게 깨우셨단다.

"동아, 밖에 비 오네. 밖에 나가서 놀자."

그럼 나는 자다가도 벌떡 일어나서 창문을 바라봤다고 한다. 정말 내가 그랬는지는 기억나지 않지만, 어쨌든 내가 비를 좋아하는 건 사실이고 나를 오랫동안 봐 온 사람들은 대부분 알고 있다. 지금은 SNS의 조상님이 된 싸이월드. 그 시절에도 내 사진첩에는 온통 비와 관련된 이미지와 글들이 가득했고, 잠이 오지 않으면 빗소리가 녹음된 음원을 들으면서 잠을 청하곤 했다. 그리고 비가 오면 맨발에 슬리퍼를 신고 나가 걷는 걸 즐겼다. 이해 못하는 사람들도 많을 것이다.

나 스스로도 내가 왜 이렇게 비 오는 날을 좋아하는지 잘 모르겠다. 원래 너무 좋은 것은 이유가 없는 법이다. 중2 때 느닷없이 갑각류 알레르기가 찾아왔던 것처럼, 어느 날 DNA 속 잠자던 날씨 유전자가 작동된 걸 수도 있다. 이 의문의 답은 내 다음 세대에서 나올 것이다. 만약 내 자식도 비를 좋아한다면, 비공식적으로 날씨 유전자의 존재가 증명되는 것이다. 21세기, 나에게 꽤 중요한 관심사다.

「감정 언어」

　인터넷에서 동료를 잃은 야생동물들이 울고 있는 사진을 봤다. 마치 사람처럼 '눈물'을 흘리는 그들의 모습을 보다, 아주 뜬금없이, 그리고 쓸데없는 궁금증이 하나 생겼다.

　궁금한 것을 말하기 전에, 진화론을 먼저 이야기해야 한다. 지구의 모든 생명체는 긴 시간에 걸쳐 진화를 해 왔고, 현재의 모습을 하고 있다. 물론 많은 이들이 종교와 같은 개인적인 믿음 때문에 이를 부정하기도 하지만, 어쨌든 인간이 만든 많은 이론과 모델들 중 진화론을 대체하거나, 정면으로 부정할 수 있는 이론은 아직 없다.

　진화론에 따르면, 우리는 단순한 것에서 복잡한 것으로, 생존에 적합한 것들은 남고, 그렇지 못한 것들은 도태된다고 말하고 있다. 상식 수준에서 이해하면, 지구 상의 모든 생명체는 어떠한 필요에 의해서 현재의 모습을 하고 있는 것이다. 인류가 그 모든 이유를 다 이해할 수 있을 거라 생각하진 않고, 인간 이해의 한계를 넘어서는 것들이 대다수일 거라 생각한다.

　하지만, 나는 궁금하다. 왜 눈물은 도태되지 않고 살아남을 수

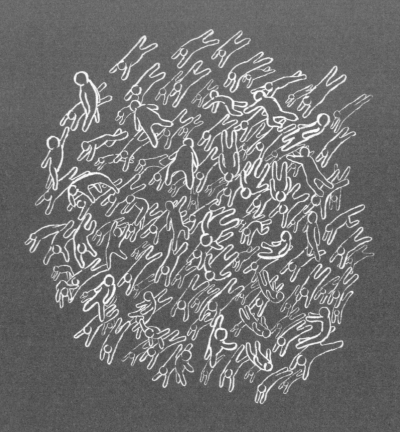

있었을까. 하품을 하고 이물질이 눈에 들어가면, 눈물이 흐른다. 건조할 경우, 시력에 영향을 줄 수 있으니 늘 촉촉한 상태를 유지해야 한다. 하지만 내가 말하는 눈물은 이런 눈물이 아니다. 슬프고 힘들 때, 혹은 너무 기쁠 때 우리는 눈물을 흘린다. 우리는 왜 눈물을 흘릴까. 이 눈물은 앞에서 말하는 생리적인 눈물과는 다르다. 왜 감정의 표현으로 눈물을 흘리는 행위가 현재까지 살아남을 수 있었을까. 인류에만 국한된 것이 아니다. 눈물은 인류 외에 많은 종의 생명체가 공통적으로 가지고 있는 자기 감정 표현의 행위이다. 그럼 눈물은 생명체들이 교감하고, 서로를 이해할 수 있는 '감정 언어'인 셈이다. 어쩌면 과거에는 눈물 외에도, 모든 생명체가 이해하고 교감할 수 있는 다른 언어나 행위가 있었을지 모른다. 다 도태되고, 지금은 이 눈물만이 남은 것이다.

　종교에 기대면 답을 알 수 있을까? 그럼 신은 왜 눈물을 만들었을까? 우리가 눈물을 흘리는 것은 야생의 짐승이 흘리는 눈물과 근본적인 차이가 없다. 신은 우리가 느끼는 감정을 눈물을 통해 밖으로 드러나게 한 이유가 무엇일까. 궁금한 것들이 꼬리에 꼬리를 문다. 몰라도 사는 데 지장 없고, 몇 시간만 지나도 생각나지 않을 단순한 호기심이다. 그저 동물들의 사진들을 스크롤하며, 아주 뜬금없이 궁금했다. 진화론에 따르면, 눈물은 사라지거나 도태되지 않고, 현재까지 살아남았다. 어떤 필요에 의해.

「빗속의 여인」

비 오던 어느 토요일 오후, 노트북을 들고 카페에 갔다. 논문 발표가 얼마 남지 않아 불안했는데, 학교 도서관은 답답해서 카페로 잠시 피신한 것이다. 따뜻한 아메리카노 한 잔을 주문하고 노트북을 몇 시간째 들여다보고 있다. 별다른 메뉴가 떠오르지 않아 마시기 시작한 아메리카노. 여전히 맛은 잘 모르겠다. 그냥 향이 좋아서 마신다.

빗소리를 들으며 사람들 사이에 있으니 숨이 좀 트인다. 낮부터 제법 굵어진 빗줄기는 잠시 잊은 사이 장대비가 되어 창문을 두드리고 있다. 카페 안은 비를 피하려는 사람들로 평소보다 더 붐볐다. 정신없이 뒤섞인 대화들이 시끄러워 귀에 이어폰을 꽂았다. 다시 한참을 노트북에 집중하고 있을 때, 옆 창문 쪽에서 무언가 느껴졌다. 창문 밖에서 나방 한 마리가 카페 창문에 몸을 비벼대고 있는 것이 눈에 들어왔다. 비를 피할 곳을 찾고 있는 것 같았다.

툭툭. 툭툭. 창문에 부딪히는 날개를 보면 다급함이 느껴졌지만, 한편으로는 온몸을 창문에 부딪치며 춤추는 듯했다. 곧 날개가 비에 젖어 힘들게 퍼덕거린다. 갈수록 얇고 가늘어지는 날갯짓이 더욱 지쳐 보였다. 몇 번 더 창문에 몸을 부딪쳐보다 포기한 듯, 결국 다른 곳으로 방향을 틀었다. 음악도 나오지 않는 이어폰을 귀에 꽂고 그 모습을 한참 동안 응시했다. 빗속의 여인. 어이없이 갑자기 그 노래가 생각났다. 그리고 나도 모르게 노래를 웅얼거렸다.

"잊지 못할 빗속의 여인, 그 여인을 잊지 못하네."

"내리는 빗방울 바라보며 말없이 걸었네."

나방은 이내 자취를 감췄다. 저기 나무 밑 어딘가에서 숨죽이고 비를 피하고 있겠지. 날개가 비에 젖어 길바닥에 떨어져 퍼덕거리고 있을지도 모르겠다. 더 이상 눈에 보이지 않는다. 빗소리가 거세지고, 더 사납게 내린다. 시끄러운 커피숍 소음이 귓가에 몰려들어온다. 나방 덕분에 이 소음을 한동안 잊을 수 있었나 보다.

이 비가 그치면 젖은 날개를 햇살에 말릴 수 있겠지만, 오늘은 아니다. 가혹하지만 오늘은 이렇게 하루 종일 비가 온다는 일기예보가 있었다. 그러니 부디 오늘 하루는 어느 안전한 곳으로 몸을 피해야 한다. 쏟아지는 이 비를 다 맞으면 그 빗속의 여인은 다시는 날 수 없을지도 모른다. 이 비가 빨리 그치길.

참 좋은 날들

· 초판 1쇄 인쇄 2015년 12월 15일
  초판 1쇄 발행 2016년 01월 04일

글. 그림 이형동

펴낸이 김은주
책임편집 임주하
마케팅 이삼영
디자인 이주원

인쇄 (주)재원프린팅

펴낸 곳 별글(http://blog.naver.com/starrybook)
등록번호 128-94-22091(2014년 1월 9일)
주소 경기도 고양시 덕양구 오금로7 신원마을 3단지 305동 1404호
전화 070-7655-5949 | 팩스 070-7614-3657

ISBN 979-11-86877-09-8 03810

이 도서의 국립중앙도서관 출판예정도서목록(CIP)은 서지정보유통지원시스템 홈페이지(http://seoji.nl.go.kr)와
국가자료공동목록시스템(http://www.nl.go.kr/kolisnet)에서 이용하실 수 있습니다. (CIP제어번호 : CIP2015031543)

별글은 독자 여러분의 책에 대한 아이디어와 원고 투고를 기다리고 있습니다.
책 출간을 원하시는 분은 이메일(starrybook@naver.com)로 간단한 개요와 취지, 연락처 등을 보내주세요.